별

장재오

별을 알기 전
가득함을 □
별을 알고
빈마음을 □

별을 알기 전
신념의 중요를 알았지만
별을 알고 나서
중요는 말증에 느프기 시작했습니다

언제쯤인가 별이 들어온 날
가슴은 별로 가득하였지만
그때부터 한구석 가득 빈 마음임을
깨달았습니다.

별을 알기 전
고요인 줄 알았던 것은
별을 알고 나서
그것이 소용돌이임을 알았습니다.

마침내 가슴에는 별을 향하여
길이 생겼습니다

장재인유고시집

그대여 여기는 지금 어디쯤인가

2017년 9월 15일 발행

지은이_장재인 펴낸이_강봉구 엮은이_장재인시집발간추진위원회 펴
낸곳_작은숲출판사(제406-2013-0000801호) 주소_경기도 파주시 신
촌로 21-30(신촌동) 전화_070-4067-8560 팩스_0505-499-8560 홈페
이지 http://littlef2010.blog.me 장재인시집발간추진위원회(연락처
010-5339-5675)

* 이 책은 1991년에 발간한 『장재인유고시집−그대여 여기는 어디쯤인
가』(도서출판 평밭)의 개정판입니다.
* 이 책의 저작권은 장재인에게 있습니다.
* 이 책은 공주대학교 민주동문회 사업의 일환으로 동문들의 기부에 의
해 만들어졌으며, 이 책의 수익금 또한 장재인을 기념하기 위한 사업에
쓰입니다.

장애인시집

그대여 여기는 지금 어디쯤인가

장애인시집발간추진위원회 엮음

작은숲

꺾여진 자리에서 새순 돋듯이

- 장재인 형을 보내며

전종호

I

눈물 없이는 걸을 수 없었던,

누대의 가난과

80년대 초 시작한

우리의 혹독한 세월을

말 한 마디 없이

온 몸으로 껴안으며 살아 오더니만

이제 고난의 자리 훌훌 털고

안개 뽀얗게 풀리는

섬강의 강심江心 새벽을 보며

사랑하는 처자를 따라

이렇게 하루아침에

막막한 빈들을 떠나

가시는구려

II

피바람처럼,

황사黄妙바람 유난하던 80년대 초

쓸만한 젊은 것들은

쓰러지며, 묶이며, 잡혀가고

아아,

내가 믿는 하나님

어두운 하늘 소망 없는 땅

당신은 어디 계시나요

정녕 당신은 계시기는 하신 건가요

사랑하는 여자

평생을 곁에 두고 사랑하고 싶던 여자

그 곁에서

가난한 가장을 서럽게 살며,

공주에서 서울로,

서울에서 대전으로

영어 테이프를 들고,

때로는 학원 선생으로

떠다녔지만

발 붙일 곳이 없었던 내 나라 내 땅

그러나 사랑하는 내 아들 호야

세상을 향해,

가슴을 앞으로 하고 살아라

꺾여진 자리에서 새순 돋고

꽃이 피듯

아비의 곧은 뜻 펴질 날까지

고개를 바로 하고 살아라

사랑하는 아내와 아들을 강물에

떠내 보내고

연꽃 하나 떠 있지 않은

흙탕물 바다로 떠나 보내고

나는 사랑하는 그대에게 바칠 것

아무 것 없어,

따라가네, 따라가네

Ⅲ

살고 죽는 것이 이렇게

구름 한 장 차이로 간단한 것을,

세상에 마을을 두며 처자를 멀리 두다가

이제 처자를 보려 세상을 버린다

마지막 글을 남기고
불평등과 부자유의 땅을,

우리에게 남기고 가신 형 앞에
우리가 목메어 꺼이꺼이 우는 까닭은
남기고 간 능동의 옥탑방 한 칸의
초라함 때문이 아니라
남기고 간 교단의 척박함 때문이 아니라
죽음으로 완성한 그대들의
사랑 때문이라네

재인, 영애, 호
왼편, 오른편, 그 가운데
앞서며 뒤서며 다함께,

이승에서 다 못한 사랑

꽃가마 꽃구름 타고

눈물 없는 나라,

사랑의 매임 없는 자유의 나라로

가시게

부디 잘 가시게

때로는 물방울로

때로는 성난 천둥소리로

때로는 꽃망울 깊은 사랑으로

부끄럽게 살아 남은 우리에게

눈길 한번 주고

가시게

부디 잘 가시게

차례

2부

진달래를

좋아하는

아이에게

3부
눈물을
흘리지
말자

1부
그대여
여기는 지금
어디쯤인가

그대여

오늘도 가고 어제도 갔다

시간만 가고 마음은 남는 자리

내일을 캐면 토라지는

그대여 여기는 지금 어디쯤인가

보는 이 없어 아직은 수줍은

핼쑥해진 뜻 언저리

어이해서 무쇠 같던 몸

안개처럼 녹아내리고

오늘도 생가지 하나

거덜이 나지만 아픔을 잃어

저어하는 고목

그대여 나는 이제 누구인가
대답하라

지금 여긴
마른 바람이 종일 덜컹거린다
도시를 휘감은 산줄기

거대한 숯덩이로 꺼지며
죽는 연기를 뿜어대고

무덤 같은 살덩이들이
감히 나를
샛길 모르는 천치 바보라고
빈정대다 잠이 들었다
캄캄해질수록 더욱 또렷해지는
어두움에 빛나며
나는 묻노니

그대여 대답하라

별

별을 알기 전

가득함을 알았지만

별을 알고 나서

빈 마음을 알았습니다

별을 알기 전

신념의 풍요를 알았지만

별을 알고 나서

풍요는 갈증에 눈뜨기 시작했습니다

언제던가 별이 들어온 날

가슴은 별로 가득하였지만

그때부터 한구석 빈 마음임을

깨달았습니다

별을 알기 전

고요인 줄 알았던 것은

별을 알고 나서

그것이 소용돌이임을 알았습니다

마침내 가슴에는 별을 향하여

길이 생겼습니다

당신

당신은 늘 난蘭과 같은 모습으로 있어

나는 미처 몰랐습니다

이제 당신은 내게 다시 피는 모습을

보여주지 않지만

예전의 모습은 이제

내 귀에 열리어 둔감함을 안타까워하겠지요

나는 이제 귀를 열고자 합니다

만시지탄을 울먹이지 않아도

당신은 한 사람의 눈에

늘 피고 있지요

당신은 나의 이기적인 향내向內의 침잠을

어리석어하여 책하겠지만 단지 나는

대가를 받았을 뿐이랍니다

당신의 향내가 개화開花 이전의 유치한 것이

아니었음은 당신의 사랑에 대상이 협소하지

않았기 때문임을 이제야 압니다

먼 곳에 있어도 서로 사랑할 수 있음은

아무도 사랑해 주지 않는 이들이 있기 때문입니다

우리는 그곳에서 만날 것임을 기다립니다

당신이 앞서 갔을 때 거기 놓인 흔적을 보고

그를 확인하며 당신이 사랑했던 그것에

나도 열렬히 사랑할 것입니다

나의 자취를 당신이 따라왔을 때에도

그로 인해 용기를 전하기를 원합니다

오늘 밤에는 당신이 자주 보던 달과

산성의 벚꽃이 쉬고 있습니다

당신도 이제 쉬어야지요

사랑

하루가 저무는 언덕
스러지는 붉은 노을을 보았니
수고로운 땅을 굽어보는
사랑의 핏빛이지

밤에는 별이
희미하게만 비치는 까닭을 아니
그것은
한낮의 피곤으로도 못다 한 꿈
고뇌를 덮어 주고 있단다

아니면
이밤에도 공장을 지키는 누이의
피곤한 눈꺼풀

드러나지 않도록

가려 주는 것이지

들풀

들풀로 살아도

청개구리 깃드는 파아란 들풀로 살아도 좋다

이슬로 목축이고

새벽을 기다리며 살아도 좋다

장맛비 몇 길을 덮어도

땅에 뿌리 내리고

휩쓸리지 않는 들풀로 살아도 좋다

목숨이 제 목숨이 아니고

명예가 명예가 아닌 세상

이름 묻힌 들풀로 살아도 좋다

터럭만큼도 부러워하지 않는

꿋꿋한 들풀로 살아도 좋다

밟아도 다시 일어서는

용서함의 뿌리로 살아도 좋다

낮에는 해 아래 수고하고

밤에는 별과 쉬며

외로워도 정녕 외롭지 않는 들풀이라야

나는 좋다

그래야 좋다

물은 피보다 진하다

어머니

중촌동에 맺힌 눈물이

시내 되어 흐를 때

무동의 골에는

피가 고여 있었지요

그런데

피보다 눈물이

더욱 두려운 까닭은?

눈물

머리 위의 가슴을

어찌할거나

타는 이 가슴을

어찌 가눌거나

죽음을 각오하는 용기로 살거나

살아버리는 오기로 죽을거나

아니야

그건 미친 짓이야

슬픔은 무릎 속으로 느끼고

내것뿐이 아닌 딜레마

이 땅의 절망이란 모든 절망

차가운 것 모두 내가 부여안고

뜨겁게 사는 사람 만나면

뜨거워서 좋겠소 웃어 보이면

그날까지 차갑게 사는 거다

비

하늘의 권좌를 마다하고
뛰어내려
온 땅을 두드린다

이 저녁
암행의 사신이 되어
쓸 놈 몹쓸 놈 모두의 가슴에
회한의 정을 적신다

그리하여 고인 물은
뜨거운 숨결에 가득하고
혼탁한 것들은
저 탁류와 더불어 멀리 흘러
땅속 깊숙이 스몄다가

해가 중천에 떠오르는

어느 날

맑은 샘물로 솟았으면

파경破鏡

오늘 아침에 일어나 거울을 보니
낯선 사람이 바라본다
어머니의 얼굴
주름진 모습
걱정스레 바라보고 있다

망치를 들고 두드려
조각을 내는 자는 언제까지
올가미를 놓으려는가
믿음의 조각을 부수는 자여
하나둘 부서져 떨어지면
남는 증오 무엇인지 너
생각해 보았느냐

무기를 들고

오직 자기 가슴만을 두드리는

불쌍한 간이여

코피여

오늘 아침도

아침 같지가 않다

달에게 1

달아

너의 내가 배었다

한 잔의 감배甘杯를 마시고는

수십 수백 고뇌에 취한다

일치라고 생각한 그것은

균열龜裂의 시초가 되는 것

화신化身을 꿈꾸지 않고

거리를 두는 유여裕餘를 배운다

미소는 여전히 아름답구나

신에의 두려움인가

가슴의 열병은 그렇게 튀기는가

우리의 장을 마련할 때까지

열정을 차곡차곡 개어

쌓아 두자

하나
둘
실패를 풀며
날릴 때까지

달아
너에게는 땅이 없구나
거기에 이르기 전
이방의 거리를 삼키어 울자꾸나

아이야
지난 밤도 너는 구름에 가리워
수십 고뇌의 잔을 솟구치는
몸부림을 덮어 주었다
달아

시목동矢木洞 생각

뒤척이는 밤에는

친구의 목소리로 노래를 들려 주어요

시목동 굽어보며

화살 불리던 강가

몇 잔 탁배기에도 취하지 않고

부리나케 오가는 발소리들

이제는

생각에 지쳐버렸어요

잠들지 못할 밤에는

친구의 목소리로 노래를 들려 주어요

꿈 속에

모두들 친구 되어 끌어안고

조용히 웃게요

오늘 아침엔 깨어

그예 신관동新官洞

판사 나리가 문안왔지요

꿈 이야긴 하지 않았어요

목련사 앞 잔디밭

애타게 소망하던 무리가
지쳐 떠난 곳
모질게도 속고
무던히도 믿으며 떠나간 곳
잔디밭
주인 없이 비어 있을 때

구둣발에
엉덩이에 눌리던
잔디
살아 꿈틀 오르며
자유를 대신 노래하고 있다

술 깬 아침

둔감한 나는 뒤늦게
어제 밤새 술을 먹고
이제야 배의 이자
흐느낌을 삶는다

아 폐칩廢蟄의 주관이여
이 세상에서 그대를 사랑할 이
자네뿐이니
그대 홀로 잘 살아 봐라

4월의 혼이
또 다시 분통하여
죽어 넘어질 노릇이다

재인아 벗어라

모든 끈을

그리고 너 혼자

이 세상 떳떳하게

살고 싶은 만큼 살라

어둠에게

어둠아 너의 잔은

독하게 남는구나

가슴의 불덩어리는 그리 타고

너에게는 땅이 없구나

거기에 이르기 전

이방異邦의 거리를 삼키어 울자꾸나

우리의 장을 마련할 때까지

차곡차곡 개어두자꾸나

어둠아 너는 지난 밤에도

별을 가리워 쓴 잔이 태어나는

몸부림을 덮어주었다

당신은 인간을 잘 아시는 이

바벨의 교만한 자손은

술에 취하여

이제는 감히

죄의 양量은 용기를 압사시켜

고백조차 하지 못하는 이 밤

개구리는 전신을 진동하며

웁니다

그렇게 개구리 울음소리에

밤새 내린 비는

애초의 호의를 버리고

지면 가득 꽃잎을 덮고

작취미성昨醉未醒의 한 사내는

한 밤 비몽간 취몽하다가

불덩이의 이마에

찬 비를 적시고 있다

이때는 보이지 않던 별

세상 사람들에게는

희미한 빛, 미미한 존재로 알려진

그러나 그가 아는 한

엄청난 중량과 빛을 지닌

별을 품자

아브라함의 하나님

그에게 약속하는 별무리의 꿈

하늘에 박힌 옥석

어린 왕자의 보금자리

분신의 빛으로써 여기 저기

가슴을 살라

태워

마침내 밤하늘 가득한 별무리

소망의 반려여

기도하며 비 내리는 밤

별을 그대라 부른다

동물농장

머리는 배반하고

가슴은 반란한다

눈에 보이는 왕국은

가슴 한 구석에 담을 만하여도

너무 차갑다

시멘트의 왕국

반란하여도

발을 디디고 설 때까지

그 땅은 너의 무대가 아니다

애야

찬물을 끼얹어 주겠니

식히우고

딛고 일어설 때까지만 가라앉혀 주렴

반란의 불은
나를 먼저 사르고
불씨조차 남지 않는 날
사그러들기 전
재워다오

가슴엔 세상
반란과 응징이 어우러 춤춘다
세상 같은 가슴

달아
너의 긴 숨소리인 양
창이 흔들릴 때
나는 누운 몸을 일으킨다

주머니엔
모래가 한 줌씩 남아 있다

불을 끄기엔

투다닥 음향만 조화로울 뿐

뒤집어버리고 말았다

아이야

기다리지 말고

참는 법을 배우자

내 마음엔

길이 여럿 생겼다

무너뜨리자

길도 생각의 집도

모닥불 들불 어우르기 전

멀리 떠나자

물새에게

이슬 머금은 시각에 어디로
하늘에 노을로 타는 무렵
장밋빛 깊음을 지나 머얼리
너 고독한 길을 가느냐

사냥꾼의 눈매는
너를 해하려 네 먼 궤적을 겨냥한다
심홍색 창공에 어렴풋이
떠가는 너의 모습

잡초 무성한 호숫가를 찾느냐
너른 강변
아니 집채만 한 파도가 오르내리는
대양의 해변을 가느냐

알 수 없는 힘

행로 없는 해변

사막과 무변한 궁창穹蒼에

그의 보호가 네 날개를 인도하기에

외로이 유랑하여도 길을 잃지 않으리

먼 하늘 차고 여린 대기

그대 온종일 날갯짓하였음에

피로하여도 아직은 물의 손짓을 굽어보지 말자

칠흑의 밤이 이슥하였을지라도

마침내 수고는 다하고

그대 보금자리 찾으면

무리 가운데 외치라

이윽고 갈대는 아늑한 둥지 위에 고개 숙이리

물새는 사라져

창공의 심연에 묻혔건만 아직도 내 맘에

전한 교훈은 깊숙이 남아

쉬이 잊히지 않으리

그이 가없는 하늘을 지나 물새의 여로를 지키던

그이의 보호가

나 외로이 가는 먼 여정

내 걸음 바르게 인도하리

2부
진달래를
좋아하는
아이에게

의인만 홀로 살아 남아

아무의 도움도 구하지 말고

열이 오르면

지하로 잠입하라

그리고 새하야이 부활하라

오직 끓는 열혼熱魂만

처자식 달린 사람

함께 도모하지 말고

순수한 불만 묻히어

활화산으로 부활하라

소생의 기운

땅을 두르고

용암은 지변을 덮으라

그 열기

훈훈할 때 노래하며

까만 시체를 묻으리라

진달래를 좋아하는 아이에게

이 땅의 봄은

늙은 농부의 달력에서부터 오는가

대학

오가는 무리

버찌는 트지도 않아

진달래는 시절을 외로워하는데

봄은 계집아이의 화사한 옷깃에서

온다

죽은 거리여

봄으로 살지 못할지언정

차라리 침묵하라

계집아이들 희색에 재잘거릴 때

진달래는 외로워

하나둘 죽어가고 있다

기가 막혀

피묻은 통곡으로 물들어가고 있었다

산성山城이 바라보이는 창가에서

산성이 바라보이는 창가에 앉으면

계곡마다 백제 병사들의

모의가 숨죽인다

수백년 다소곳한

죽창 끝에 부릅뜬 눈

동녘에 서성이다

차마 잠들 수 없어

등성이에 춤춘다

옛날에 시집가면

벙어리 되어

삼 년

귀머거리로 삼 년

동학의 넋은

처자식을 멀리 두고

골에 등성에 모의한다

저리도 굽은 언덕을 바라보며

너 어찌 유독

평탄한 길을 찾느냐

가슴 빛 물들은 죽창 끝

한갓 지식의 예리함을 자만하는 자여

조총은 창끝을 꿰뚫지 못하리

돌아갈 곳 없는 원혼은

긴 밤 모의에 지쳐

새벽녘에 일어설 때

너

비웃음을 감당하는 용기로

차라리 산성골 주검이 되어

벚꽃을 피울지니

조총
아버지 등허리에
콩 볶는다

중간점검

나의 가는 길을 오직 그가 아시나니
그가 나를 단련하신 후에는
내가 정금精金같이 나오리라

- 욥기 23:10

멀리 꽃이 피어 있는 이 저녁

참으로 오랫동안 멀리하였던

복음성가를 불러 본다

군에서 느끼던 초신자初信者의 마음이

다시금 아득하다

깊고 알 수 없는 심저心底를 이끄는 이의

손길이 이 저녁도 마르지 않는

기억의 샘을 흐르고 있다

그이는 나의 삶을 여기까지 인도하시고

연단으로, 어루만짐으로 이처럼

조용한 힘으로 지탱하여 주건만

내가 가고자 하는 이 길은 그이의 바램에

합당한 것인지 자문한다

알고자 하여 부심하는 이 혼은 정녕

우매한 결단과 관념만의 응축

그이의 가슴을 통탄으로 두드린다

삶은 단거리로 마치는 경주가 아님을 명심하자

내 다리가 주파해야 할 마라톤

곁에서 숨가빠하는 이의 거친 숨결을

기억하며, 나 혼자 몰아쉬면서도

혼자일 수 없음을 잊지 말자

저기 핀 꽃을 바라보며 순진하기만 한

가지의 들꽃과 내 삶의 존재 가치를

가늠하는 겸허함과 하늘을 향해 눈을 뜨는 오만함을

동시에 지키자

배설물 같은 세속에서 벗어나

지금은 잠시, 쉼을 허락하는 자연에게서

배우자

법칙 속에 내재하여 가르치는 거침없는 흐름

내 삶의 만개滿開를 기약하며

쓸쓸한 땅, 곤혹의 시절을 싸우자

생기로운 물기와 축축한 잎사귀를 떨구고

참음을 채찍하는 나목으로 거울의

한가운데서 출발하는 것이다

아아 나는 나에게

벙어리

세상 끝에서 되짚어 시작을 디디자

비분한 다짐뿐 할 말이 없구나

미동도 없구나

이제 인간을 멈추고

실망의 인간 우리에서

늘 말없이 가르치는

자연을 바라보자꾸나

그리고 힘을 얻어

인간의 사랑에게로 돌아가자

그것이 끊임없는 반복일지언정

이성

경험

온갖 잡것들의 소리

결코 유혹됨이 없이

다시 돌아가는 것이다

산에 언덕에
– 신동엽 시비詩碑에서

눈 속에 묻힌 비원碑苑에는 발자국이 없다

시인은 대리석처럼 침묵하고

후인後人의 삶을 웅변으로 다스린다

아! 시인의 마음을 느끼는 자

시공을 초월하여 함께 살아가고 있다

울고 간 그의 영혼

산에 언덕에 피어날지어이

솔

어느 핸가 사람이 꽤 죽어가던 무렵

내 목숨이 내 것이 아니었던 때

대나무가 말라죽었다 소리는 들었어도

솔바람은 초연히 청성淸醒하더라

할머니 가겟집에 담배 사러 가서

솔을 달라 하니

내일이 곗날인데 돈 좀 꾸어 주라네

청자나 피웠으면 낭패하지 않았을걸

솔바람인 양 세상 먼지로 내 가슴을 씻자

불곡不哭

우리 하숙집 개는 짖을 줄을 모른다

이웃 사람들의 통로가 되어버린

담장 없는 앞마당의 수많은 냄새들

구별하길 그에 단념했는가

짖지는 못해도 꼬리라도 흔들어라

너도 침묵하는가

친구

자율에 멍든 친구
바람을 맞고 있다
상쾌히 얼굴 씻기우고
거죽이여 신선하여라

주름살 아닌 흉터
상처

소망하던 자율은
죽음의 숲에 잠자고
새로운 자율이
너를 처벌한다

마음은 그리 못하리

천만 개의 꿈을 더 심어주고

기쁨의 노래를 부르자

시시한 싸움

저기 저 산

언덕 너머에는 평화 있을까

싸우며

꼭 싸우며 살아야 하나

당신이 오기로 약속된 그이인가요

아니 다른 이를 기다려야 하나요

홀로 애쓰다 지쳐

주체할 기력도 없어

사치한 눈물도 닫혀버렸어요

닫힌 문은 울혈로 뭉쳐

시퍼런 칼로 배를 갈라요

허망한 싸움

자폭할 가슴, 갈라

벌건 핏덩이 뿌리며

속시원히

싸우겠어요

그래도

꼭 싸우며 살아야 하나요

Amore 주막

젊은 날

휘어이 바람처럼 보내고

이 밤 거울에 비친

긴긴 날을

주름으로 지낸 주모

나더러 옛 모습 아니라 하네

친구야 파도에 부딪는 돌이 아닐지언정

매끄러운 수석이 되겠는가

차가운 바위 아니면

속살마저 주름지랴

세파와 씨름하며

이 땅을 부여안을 친구야

거죽엔 깊은 골을 새기고

가슴은 곱게 매끄러워라

꽃다운 날들을

휘어이 바람에 날려보내고

세월을 탄식하는 주모는

겉만 보고 나더러 늙었다 하네

친구와 함께

신새벽 수은등이 창백히
어른거릴 때에도
친구의 이야기는 그치지 않았다
한 주일을 사이에 둔 먼 길 찾아
노곤한 친구는
우금치를 말하다 풀이 꺾여
파김치 모양 늘어져버렸다
오늘도 폐병환자처럼
수척한 아침이 찾아왔다

그러하거니 친구야
일어나 새벽을 맞자
머리맡에 라일락 한 송이
멀리 갈 길, 보배로운 신발을 베고

한숨 붙이다

잡다한 현수막, 괴뢰놀음 거들떠보지도 말고

지그시 눈 열어 해맞이하자

혈색 붉은 내일을 준비하러

일어나 돌아가는 것이다

자갈치 선창

출렁이는 갑판 모서리

하루의 목숨이 흔들린다

흐린 바다

깊이를 감춘 물가에

내일이 감추이고

기약없는 오늘이 불투명하다

밀고 밀리는 울렁임에 구토할 것 같아도

한평생이 서 있는 자리

아잇적 꿈을 삼킨 바다는

차마 비정을 덜하여

아낙의 무표정을 탁하게 묻어버리고

꿈틀꿈틀 동전 한 닢 아나고가

손가락 사일 미끈미끈 새어나가며

어제도 오늘도

끝없는 가난을 건진다

방어전 곤추앉은 노파의 눈매는

언제부터인가 방어눈이 되어

허공에 맺혀 있다

산성山城 마루

탄다

이글이글 타는구나

살라살라

닫힌 가슴 환히 열어젖히는 우러름

내밀한 기름 한 방울까지

심지를 사르는

온몸의 분신이여, 이 칠흑의 밤에

어찌하랴, 불씨는 지고

사글어 까만 시신만 남을 때

정녕 죽었다 할 사람 있으랴

연기는 솟아

우주간 혼으로 충만하리니

광대여

환쟁이 글쟁이들이여

너희들 언젠가

그 바닷가

민중의 모래알로 모이는 날을

재촉하리라

산성에서 광대들과 연극을, 인간을 말한다

광대는 광대대로 나는 나대로 가는 길

만나야 하는 길

이 밤 모닥불이 타오르고 있다

원죄

세차장에 새로 들어온 김씨는 마흔이 넘어도 스무살 먹은 고참들한테 죽도록 매를 맞고 집에 들어가 마누라에게도 자식에게도 말 못하고 밤새 속으로 앓는다. 서울의 찌는 듯한 버스 안에서 소년은 구슬픈 목소리로 신문을 팔고 거스름을 돌려준다

원죄란 그 소년의 것일까?

하고많은 교회에는 이런 일을 아는 듯 모르는 듯 기도가 울려 퍼지고 독촉하는 듯 헌금한 이들의 이름이 낭송되고, 그들은 이제 다음 주일의 회개를 약속한 용기로 죄의 거리를 향해 우르르 쏟아져 나온다

관념의 쓰라림에 담배를 붙인다

3부
눈물을
흘리지 말자

밤의 소리

누가 밤을 가리켜

음험하다 하느냐

어느 못난 이가 밤을 일러

저주스럽다 하느냐

능선은 선연히 일출처럼 부상하고

새날을 여는 여문 눈빛으로

모의하는 이 밤을

칠흑같이 속 안 보이는 어느 녀석이 있어

답답해하느냐

쓸데없는 한낮의 헛웃음을 치우고

참안식을 위해 쉼을 외면하는 이 밤

긴긴 빗줄기에 먼지도 티끌도 잠자고

연록의 가지를 스쳐지나온 바람

상큼한 이 밤을 어느 사람이 있어

삿대질하느냐

쓰레기만도 못한 잘 차린 너희 놈들이

한낮을 휘젓고도 독점해버릴 이 밤엔

마땅한 분노로 개구리 울고

당연한 소리 되어 개울물 흐른다

절규

장마비 쏟아지는 하늘이 개이기를 바라듯이

푸른 하늘이 그리워

천장 속에서 부르짖는 것이다

네 발을 묶이우고 우리에 갇힌

짐승이 푸른 산야를 그리듯이

자유를 찾아 외치는 것이다

높이는 데서 낮은 데로 강물이 흐르고

파도가 기슭으로 밀려오듯이

너무나도 막을 길 없는 진리가 있어

우리는 이제 더 참을 수 없다

비탈진 산터에 가까스로 걸려 있는 바위같이도

사태져 무너져내린

위태로운 내 나라를 참을 수가 있더냐

피 흐르는 조국이여

임종에 처한 아버지의 베갯맡

가슴을 부여잡고 가쁜 숨을 지켜보는

자식의 절박한 심정으로

우리는 일어설 것이다

참을 참이라 말할 수 없고

의를 의로 느껴서는 안 되고

바름을 바른 대로 봐서는 안 되고

이제는 핏발선 목에까지 올가미를 씌우고

질식으로 몰아가는

독재 독점

조국

야반 상경
뒷골목 막걸리 센터에서
민주주의를 교살한
한 장의 위조 문건
그런 헌법은 우리 것이 아니다
그런 자본논리는 우리 것이
아니다

청년들과 학생들과 노동자들의
여인들과 지성인들과 농민들의
가난한 사람들과 신도들과
뱃사공들의 목소리를 함께 모아
낭랑한 합창으로 울려 퍼질 때
거기에 우리의 민의와 민권이 또 자유가 있다

평화가 있고 외세가 없는

민족의 대단결이 있고 평화선이 없는

5천만의 내 나라

통일된 조국

등꽃길

질척질척한 길을 간다

기나긴 밤, 동토^{凍土}의 시절

쉿소리나는 바람에 얼린 땅

이제는 봄빛

질척한 길을 간다

선구자의 분주한 걸음

성난 무리의 비틀거리는 발자욱

회오리바람 다시 쳐

땅은 이내 다시금 동토

울퉁불퉁한 족도^{足渡}

뾰족한 삽으로 발을 매장하고

평탄한 무덤이 생겼다

어리석은 자여 그대는 아는가

언 땅의 질척거림이 극도에 이를 때

기다림으로 매끈한 대로가 되는 것을

봄눈

길고 큰 밤, 덫을 향하여

울부짖고

이 시절에 살아서 돌아가는 자여

서러운 주먹으로 이 나라의 땅을 치며

죽은 이들의 이름을

부르고 또 부른들

몸속에 가시처럼

파고드는 아픔

두 눈에 맺혀 흐르는 피눈물을

어찌하리, 돌아가는 자여

봄눈 내리는 산비탈

옷자락 날리며

이 시절에 살아서

돌아가는 자여

승리

미친 태양 파라솔 아래
광희狂喜의 눈부심
흡혈의 살색 고와라
맨주먹 단신 외경으로
해 아래 부끄러워 고개 숙이면
뒤통수에 작열하는 미친 일사병

태양은 흡혈귀의 은신처
밤은 혈색 허연 유령의 대낮
미친 태양
그래도 부끄러워
눈감아도 부릅뜨며
어리석은 일이라지만
늘 그리 산다

4월 30일

척박한 땅

황량한 시절을

가는 이들

하나님은 죄많은 자들의 하나님

제물은 해묵은 재탕을 부르고

당신의 십자가는 찬란히

모두 예수뿐

군중은 보이지 않을 때

피를 먹고 자라는 민주는

또 다시 피만을 부르고

민주는 보이지 않는다

어느 곳에서도

아 민주는

고달픈 육신에

자유한 영혼에

5 · 18 아침의 기원

법은 외다리 시비용으로

위조된 인간은 무사 통과

나라 안 멀쩡한 놈 나꿔채고

사람구실 막아대는 법치국가

옛 어느 날

강은 맑고 푸르러

청사靑史를 이루고

중금속에 중독된

죄없는 강엔 탁사濁史가 흐른다

살별한 칼, 번쩍이는 이마

죄는 정승이 짓고

죄값으로는 씨알에게 돌아오는 피의 강

칼이 망하면 큰 칼이 일어서고

5 · 16

5 · 17

몇해 후엔 ─

5월의 다짐

온 세상이 그리 흐를지라도

이 밤에 주저앉지 말자

뭇 새들이 올빼미 조롱하는 대낮일 바에야

어둠아 차라리 더 깊이 드리우라

온 세상이 그리 손가락질할지라도

꿈은 범치 못하리

악은 합하여 산을 이루고

선의 씨앗은 돌밭에 떨어질지라도

한 대지에 숨쉬며

이마 맞대지 못하는 아!

선악과의 탐스럼이여

4월은 지나고

5월은 물들지 말지니

온 세상이 한 무리로 외칠지라도

사랑하는 한 몸으로

홀로 될지라도

어둠아 더 깊이 드리우라

어디

너의 끝을 보고야 말리라

우산은 소용없다

비바람 우에는 들길

우산 쓰고 걷는 이여

천지의 소리 들리느냐

비 되어 내리고

바람 되어 들이칠 때

우산

네 몸 감추려 하여도

인조人造의 천막

온 세상을 덮으랴

비바람의 통곡이여

전야제인가

호곡제인가

하늘 땅 음성 들리느냐

비바람의 노도여
가면의 우산
비정의 우산
압제의 우산
날려버리고

온몸을 적시워
회개하며 섭리 앞에
눈물짓게 하라

끝없는 제물

멸공

또 멸공

더 크게 멸공

이놈의 학교에는 때려잡을 놈의

빨갱이가 몇이나 되는가

치사한 분노에 연연하는 사람들은

눈을 들으시오

제단에 돼지머리

머리 숙일 때

속죄양으론

당신을 찾는다오

멸공

또 멸공

더 크게 멸공

지난 겨울 노변에

살아 있는지조차 모르던

벚꽃이 만개한다

오늘은 생각이 마비되었다

그놈의 생각만에 지쳐버렸다

ROTC 2년차가 1년차 군기를 잡는다

백번 멸공

수없이 멸공!

유치한 자존이여

연극반은 오늘을 잡아 부활의

고사를 지낸다

돼지머리

그 자리에 네 머리

금강 가도에는 줄줄이 벚꽃이 한창이다

눈물을 흘리지 말자
- 김상진 열사를 추모하며

아이야 너는

아무것도 배울 것이 없다고

한탄하기 전 나를 떠나라

종말을 안고 오라

오늘은 11일

나도 죽을 때면

너희는 살아 기뻐하라고 외치리라

슬퍼하지 말 것을 간곡히

당부하니

추모하는 그이의 넋을

다시 못 박지 말라

진정으로 찾을 때면

알릴 것이 없나니
오직 진정의 아름다움뿐

가녀린 넋은
죽지 못하여

냉동된 세상에
자신을 냉장한다
그리고는 뻣뻣하게 일어설지니
냉장고를 만든 세상을
찬양할지어다

오늘은 11일
4월 의사들이 오늘 다시
태어난다면
빨건 철쭉이 무명 흰 천에
채색되리니
그들의 찬양은 역시
시뻘건 거짓이다

4부
산문,
유서

| 산문 |

삶의 진실과 성실에 대하여

바람직한 삶의 긍정적인 지향은 진실과 성실로 압축할 수 있다. 양자는 상호 의존의 보완 역할이 기대되지만 때로 상대방을 침식하며 대립적 국변에 이르기도 한다. 성실은 삶의 일관적이고 지속적인 연장에 기여하며, 진실은 내적 요구를 충족하고 당위의 차원을 지향하며 고결한 넋을 지탱한다. 진실과 성실이 동행할 때 이상적 인간형이 도출되지만 불행히도 양자는 상황성에 관련하여 비굴한 양자택일의 논리를 제공하기도 한다. 즉 객관적 상황을 주체적으로 인식하는 태도와 결단에 따라 진실형의 인간과 성실형의 인간으로 이분화되는 것이다.

한 걸음 더 나아가서 상황성에 의한 양자의 대립을 동시적 대립과 격시적隔時的 대립으로 분류되는데, 동시적 대립이란 이미 언급한 바 극한적 양자택일을 요하는 엄

격한 대립이며, 격시적 대립은 시차를 지닌 완화된 대립으로써 순차적인 응답이 가능하므로 구태여 대립의 범주에 포함시키지 않을 수도 있다.

동시적 대립은 동일한 시간과 공간에서 진실과 성실이 갈등하는 것으로 이는 가치우위의 평가에 의한 주체적 판단으로 선택된다. 이때 가치우위 여부는 명백한 객관적 증거가 보편적으로 인정될 경우에는 혼란이 불필요하지만(이때에는 대립도 없을 것이다) 상황의 복잡성과 애매성, 인위적인 혼란요인이 개입하여 가치우위의 결정이 혼미해지는 경우가 오히려 흔하다.

이를테면 *demonstration*의 경우 혼신의 열정과 희생의 각오로 D를 수행하는 학생과 전력으로 D를 진압하는 당국을 비교할 때 양측을 공히 자기노선, 자기논리에 철저히 매진한다는 점에서 성실이라는 일치를 보인다. 그러나 양측의 성실이 적대적으로 대립하는 것은 진실성의 유무에서 답을 찾을 수 있다. 즉 한쪽은 진실이고 다른 한쪽은 비진실이기 때문에 성실 사이의 대립이 나타나는 것이다.

격시적 대립의 경우는 진실과 성실이 대립하기는 하

지만 어느 한쪽을 임시 보류하더라도 상대방을 침식하지 않을 때이다.

이상 진실과 성실의 측면을 극단적으로 도식화, 단순화한 시도는 일면 강변에 지나지 않는다. 왜냐하면 진실과 성실은 성격상 불가분리의 것이어서 진실은 배제한 성실, 또는 그 반대의 상태는 —vice versa— 하나를 배제한 상태에서 홀로 존립할 수 없기 때문이다. 즉 진실은 성실을 통하여서 일관성과 지속적인 원칙성을 지나 자기 속성을 실현할 수 있으며 성실은 진실을 토대로 할 때만 참된 성실이라 할 것이다. 이처럼 진실과 성실은 별개의 개념이 아닌 사물의 양면처럼 병행되어야 하는 것이며 이것이 바로 삶의 바람직한 긍정적 지향이다.

현실과 이상, 순수와 참여

현실과 이상의 논쟁은 해묵은 난제로서 승패가 가름되지 않고 끊임없이 타오르는 활화산이다. 이것은 세계 속의 삶을 조명하는 방식과, 고래古來의 보편적인 인간의 생존조건을 개연적으로 규정하고 안주하느냐, 개연성에 도전하여 프로메테우스적 신화를 재창조하느냐 하는 인간의 용기 진보의지의 유무에 기인한다. 양측이 합일점을 발견하지 못하고 논쟁이 계속되는 것은 현실주의, 이상주의 공히 가치를 집적 체득한 각 삶의 총체적 수용과 결론이기에 논리가 침입할 수 없는 비합리적인 편견, 자기 스타일에 대한 애착은 물론, 도정을 변경합일하기 위해서는 과거를 포함한 전체를 포기해야 하는 죽음과 부활의 과정을 요하기 때문이다. 그러나 이 논쟁을 환경이라는 일면으로써 파악할 수 없는 것은 *personality*의 독자적 주체성에 대한 기대와 운명론적인 무기력에 대한 반감에 비롯된다.

현실과 이상주의는 약간의 비약을 허용할 때 상황의 강제성에 대한 응전과 도피의 형태에 따라 순수와 참여 주의의 차원으로 연결된다. 즉, 현실주의는 현실에 대한 관심, 인식을 통하여 변혁을 지향하는 참여주의이고 이상은 현실이 조잡하거나 불만스러울지라도 현실과의 생존적 관련을 주관적 관념적으로 제지함으로써 현실을 넘어서 먼 유토피아를 설정하는 현실에 대한 단절적인 순수주의라 할 수 있겠다.

삶은 시대의 산물이고 가치관은 삶의 소산이며 문학은 가치관을 기반하므로 문학은 시대를 등지고 태어날 수 없으며 시대정신의 자주적인 수용과 여과에 의해서 시각은 규정된다. 그러나 현실과 이상이 가치판단의 적대적 위치에 놓인 소수개념이 아님은 현실에 자신을 투영하고 이상은 목적으로 지향할 때 이상은 현실의 연장에 존재하기 때문이다. 즉 이상의 실현은 현실의 집적이며 단계적 과정이므로 철저한 현실주의자는 철저한 이상주의와 동일하여 이상과 현실을 분리하는 어떠한 간격도 불필요한 것이다.

인간은 분명한 내재적 법칙 속에 역사를 외현하였지만 미래의 역사에 관해서는 제반 법칙을 도외시할 뿐 아니라 인간의 화합능력, 의지작용의 포기로 말미암아 역사의 후진대열에서 자신을 소외시키며 반역사의 일원으로 역사의 진전을 둔화시키는 또 다른 인간과의 갈등으로 자기분열한다. 역사는 대중적 삶의 결과였듯이 미래의 역사 또한 대중적 소망의 발현으로써 나를 포함한 대중의 작업이어야 한다.

현실(참여)과 이상(순수)의 문제는 상호의 존재기반을 인정하는 이해가 필요하지만 균형기와 달리 전환기적 결단을 요구하는 단계에서 상황의 압력에 굴복한 자가 역사성을 망각하고 자신의 삶을 대중적 차원에서 조명하지 않으며, 반역사의 대열에 서서 자기변명의 도구로써 이상을 주장할 때는 합리화된 자기기만의 논리에 지나지 않으며 마침내는 역사성의 도도한 흐름에 삼키우고 마는 것이다.

이 땅의 어느 누가 개인적 행복과 안락을 기피하며, 맹목적인 혁명의 환상에 젖으며, 불가피하게 수반되는 피해의식으로부터의 탈출을 소망하지 않을 것인가? 현실(참여)주의는 스스로의 내적 갈등을 극복하고 자신의 소망을 대중의 소망에 기반하며 역사현실에서 현재를 통하여 미래를 투시하고자 하는 의지의 지난한 싸움이다. 이것은 사회적 동물이라는 인간의 속성을 인간은 사회에서로부터 출신이며 역으로 사회에로의 지향이라는 입장, 개인적 존재의 인간일 뿐 아니라 동시에 유적 존재의 인간이라는 입장으로써 성취 동기는 개인이나 또한 사회인 것이다.

현실에 대한 논의를 사상하고 이상을 거론함은 공중누각이 되어, 피라미드에서 초석을 제거하고 허공에 스핑크스를 얹어 놓으려 하는, 중력의 자연법칙을 무시한, 이상이 아닌 환상이요, 강변된 논리이다. 실상 순수를 옹호하는 다수의 논객들이 억압된 상황에서 자신의 이익을 온존하고 유지하기에 연연하는 부류이거나, 사회적 존재로서의 자신을 폐기하고 상황의 대세에서 자신을 고립시키는 도피주의이며, 이상주의로 자처하면서 실제로는 안일하게 현실에 기생하며 관념적 이상에만 머무를 뿐 진정한 몸짓은 보이지 않는 상황편승의 이익집단인 것이다.

　문학은 전시대적인 명성, 보편성을 추구하여 구체적인 현실을 그것에 적용한다고 혹자는 말하지만, 현실주의 문학은 후세에의 공명이나 작가의 명성을 기대하지 않으며 이상의 실현 그 자체를 목적으로 한다. 즉 이상주의는 utopia를 영원한 목표로써 설정하지만, 그것은 관념세계에 해당되는 환상적인 유토피아에 지나지 않지만 현실주의는 그의 실현, 더 이상 관념이나 환상의 여지가 주어지지 않는 실존재의 유토피아를 향해 일보 또 일보, 접근해 가는 것이다.

　이상주의의 성격을 지닌 고전들이 통시적으로 회자되고 있지만 그것 역시 왜곡된 구조의 표현이며, 어느한 시대 한 현실에도 적합한 개선의 원동력으로 작용한적이 있었나 하는 점에 대해서는 의구가 앞선다. 대부분의 고전문학이 당대의 귀족문화를 바탕으로 귀족을 위한 몰락으로 일관하였을 때 귀족을 위해 희생이 강요되었던 계층인 농노를 비롯한 일반대중은 문학적 고려의 대상에서 묻혀 버리고 말았다.

　순수를 주창하면서 오히려 모순된 현실의 유지와 온존을 결과했다면 그것은 순수가 아닌 순악純惡인 것이며 여기에서 바로 모순된 현실의 개선에 기여해야 하는 참여의 중요성이 반증된다. 피라미드의 상부를 지탱하는 존재, 전환기에서 변혁의 열쇠를 포지하고 있는 존재인 대중(민중)의 존재와 가치역할을 경시할 수 없으며, 거기에서 역사의 진전에 동승하는 문학의 사회성과 포인트가 제시되는 기능의 일익이 부과되는 소이가 바로 여기에 있다.

로자와 레닌을 보며

목표를 제도에 두느냐, 인간 자체에 두느냐 하는 문제는 목표의 성취 여하로 해답 지을 결과론의 성질이 아니다. 레닌은 성공했지만 실패했고 로자는 패배하였지만 승리한 것은 그녀의 죽음은 초석이 되어 새로운 꿈, 죽음을 거름으로 삼는 화사한 개화를 기약하기 때문이다.

제도에 목적을 둔 성취는 연후 불가피한 재수정을 요하는 제도의 악순환적인 반복을 초래하지만 인간 자체를 과정과 목적의 전체로써 기반하는 로자의 삶은 끝까지 불멸할 것이며, 그의 지향은 요원하지만 그의 개화는 조락과 낙화의 무기력, 또는 새로운 봄의 개화를 기다려야 하는 쓰라린 고달픔을 요하지 않는다.

인간에 대한 로자의 무한한 신뢰와 열정은 어디에서 오는 것일까? 레닌의 제도에 대한 집착은 어디에서 오는 것인가?

그 응답을 보류한다 하더라도 현실 역사의 조류는 레닌의 노선이 철저히 실패하였다는 것을 의심없이 노정한다.

인간이여,

로자는 그대를 찬양한다.

스승의 길을 걷는 이들이여,

로자의 마음을 배우자.

『학교는 죽었다』를 읽고

"학교는 죽었다." 종말론적인 언어가 만연한 시대이지만 이런 말을 들어본 적이 있는가? 단지 자극에 무감각해진 현대인을 상대로 한 세태 반영의 과장된 표현에 지나지 않는 것인가? 만일 과장이 아닌 실제라면 매장의 호곡제를 준비할 것인가? 아니면 소생의 가능성이 있는 것인가? 본서는 전세계의 보편적인 교육상황을 배경으로 한 엄숙한 진단이며 소생의 미래를 향한 제언이다. 저자 에버레트 라이머는 현대사회의 교육제도 자체를 진찰하면서 동시에 전체 사회와의 관련을 통한 처방을 시도하고 있다. 저자의 이론은 특히 곤궁한 사람들, 그늘에 사는 사람들에 대해 따뜻한 애정을 가지고 교육문제를 보는 혁명적인 교육론이다. 라이머는 우선 학교교육이 표방하는 '교육의 기회균등'이라는 신화의 허상을 재정의 문제를 통해 투시한다. 학교는 모든 국민의 세금으로 운영되고 있다. 그러나 빈민의 자녀는 무상으로 실시되는 초등교육조차 충분히 이용하지 못하지만 여유 있는 자는 국민의 세금으로 세운 고등교육기관까지 충분히 이용하며 그에 따르는 혜택을 독점적으로 향유하고 있다. 즉 교육의 기회균등은 환상의 깃발로써 현실과 유리된 신화이며 마취 상태임을 직시하고 있다. 라이머는 또 교육의 이념에 대하여 언급하면서 국가에 의해 운영되는 학교는 국가에 봉사하는 자질을 길들이는 교육으로 일탈했으며 마치 중세의 국교와도 같은 존재가 된 학교는 모든 가치와 규범을 규정하는 사회의 재창조가 되어 막강한 힘을 갖고 있어, 하나님의 뜻과는 달리 마치 중세교회의 역할을 하는 존재가 되었다고 말한다. 그러므로 본래의 사명, 인간의 잠재력을 개발해 주고 전인적인 인간으로 키워 준다는 사명을 상실한 학교는 이제 소생되어야 한다는 것이다. 교육이념의 주류는 피히테, 호레이스 만을 중심으로 한 제도 편입의 교육이념과 토마스 제퍼슨, 존 듀이 등의 제도 창조의 교육이념으로 대별할 수 있다. 전자는 "보편적인 교육과정을 통하여 이미 타당한 것으로 여겨지는 사회적인 목표와 제도의 필요조건에 알맞도록 인간을 다듬어가는 수단으로의 교육"을, 후자는 "보편적인 교육이란 그를 통하여 인간이 신념을 갖게 되며 제도를 창조하는 능력을 갖출 수 있는 수단으로써의 교육"을 강조하였다. 그러나 인간은 현실을 만족하는 현실 안주의 정제적인 동물이 아니며 또한 현실을 절대 타당하다고 간주할 리 없는 것으므로, 현제도의 수용에서 나아가 이상을 지향하는 창조적 제도 개선의 교육이념은 오늘날 널리 인정되는 이론인 것이다. 토마스 핫킨스는 다음과 같이 말한다. "지배자에 의해서 수행되는 교육을 받느니보다는 차라리 교육을 받지 않는 편이 더 낫다. 왜냐하면 지배자가 제공하는 교육이란 멍에를 젊어지게 하는 훈련에 불과하기 때문이다" 즉 학교 소생을 위해서는 학교가 속해 있는 사회의 전반적인 변혁이 불가피하다. 그러나 변혁의 원동력은 교육이며 교육의 변혁 없이는 다른 어떤 변화도 일시적 현상에 그치기 쉽다. 반면에 교육적인 변화는 그 변화과정에서 다른 근본적인 사회적 변화를 가져온다. 진정한 교육은 사회의 근본적인 힘이 된다. "실존재를 이해하고 그것을 효율적으로 처리할 줄 아는 사

람들은 자신이 세계의 불합리한 점들을 그대로 방치하
지 않는다."는 파울르 프레이리의 말은 교육의 원동력
을 뒷받침해 준다. 또한 에버레트 라이머는 학교교육은
본래의 목적과는 달리 비본질적인 요소의 개입으로 인
해 필연적인 교육효과의 감쇄를 초래하고 있다고 말한
다. 이러한 비본질적 요소들은 본래 목적 수행상의 필
요악으로 간주될 만큼 무시할 성질의 적량이 아니다.
진정한 교육은 불합리를 방치하지 않는 교육, 사실을 제
도적으로 왜곡하여 진실을 은폐하는 종교적, 정치적, 경
제적 진화를 주입시킴으로써 사람을 오도하는 그릇된
학교제도로부터 해방된 교육이 되어야 한다. 그리하여
라이머는 민주적인 제도의 가능성을 모색하여 새로운
교육제도로써의 대안을 제시하고 있다. "학교는 죽었
다."는 현실에 대한 철저한 연식과 학교 재생, 사회 재생
의 개선된 미래에의 지향을 절타하는 프레루드이다. 이
를 위해 주체적으로는 기본적인 가치관의 변화다. 그러
한 사람들의 공동체적 유대, 대외기구의 형성을 통한 공
식적인 대응노선을 요구한다. (『학교는 죽었다』, 에버
레트 라이머 지음, 한마당)

유서

제가 모든 준비를 마쳤을 때 우리 아들은 저의 앞에 모습을 나타내었습니다. 이제는 더 이상의 유한이 없습니다. 모든 것을 하늘의 섭리라고 믿으며 저희들의 행복을 찾아가오니 부디 슬퍼하거나 애석해 하시지 말고, 살아계신 분들은 나름의 행복을 찾아 따사롭게 사시는 것이 저의 소망입니다.

어머님과 아버님을, 아우들을 재을에게 부탁한다.

이 시간이 되기를 무척이나 지루하게 기다려왔습니다.

저의 주검은 경찰서의 절차가 끝난 후 바로 여주 고대병원 영안실로 보내 주서서 처자와 같이 눕도록 하여 주시기 바랍니다.

1990. 9. 15. 새벽 2시

남기는 말씀의 원본은 아내의 머리맡에 부본, 하나는 제 가방 속에 있습니다.

보상금 관계는 반드시 전달하시고 반드시 받으셔야 합니다.

저는 1990년 9월 1일 14 : 45경 경기도 여주군 섬강 교에서 교통사고로 사망한 최영애 교사(홍천군 내면 내면고등학교, 29세 600405-2453213)의 남편이며, 장호 (5세, 860118-1006512)의 아비입니다. 저는 현재 서울 덕수상업고등학교 교사로 재직 중입니다. 장재인 (591220-1002518, 서울 성동구 능동 252-17, 1/6)

남기는 말씀

1. 가족과 친지들에게 남기는 말씀

생사의 차이가 이리도 간결한 것을 무던히 애를 쓰며 살아 왔습니다. 하늘이 지워 주신 짐의 무게와 고뇌의 깊이를 용케도 감내하더니 자그마한 행복의 기억들과 함께 이제는 모든 짐을 벗겨 주십니다. 험한 삶을 위로하던 처자는 모질게 살다 희망의 입구에서 스러지고 차마 간직할 수 없는 가없이 고운 추억들만 남겨 주었습니다.

세상을 붙잡으려다 처자를 버리고 이제는 처자를 부여안기 위하여 세상을 버리려 합니다. 불행한 사람의 삶에 뛰어들어 고생만 하던 고마운 아내, 아들의 뒤를 따라 다시 강으로 뛰어들어갔다는 아내처럼 저도 처자를 찾아 떠나려 합니다. 이것은 사고 현장에 도착한 이래 강물을 바라보며 제 마음에 살아오는 유일한 소망이었습니다. 행여 살아남아 보람된 일을 해야 한다는 생의 의무감을 생각하지 아니한 것이 아니지만 저희 세 식구가 지금 쓰라린 사랑의 메시지보다 더 생생한 경종이 어디에 있겠으며, 살아남은 사람들에게 사랑을 일깨우고자 하는 생을 초월한 선택이 어찌 소극적인 결심일 수 있겠습니까?

처자의 삶의 자리를 차분히 정리하여 복받치는 설움으로 그들의 냄새를 흠뻑 마시며 남은 분들에게 짐을 덜어 드리고 싶었지만 저의 자리마저 그대로 남기게 되는 점이 안타깝습니다.

처자를 실어간 섬강의 물결을 바라보며 제가 기원한 것은 처자를 다시 만나고자 하는 소망이 동요되지 않기를 바라는 것뿐이었습니다. 이러한 결심 이후로 살아남은 사람들의 애정 어린 유대가 저를 괴롭힙니다. 부모님과 장인 장모님, 양가의 아우들, 친척 어른들, 부모 이상으로 저의 삶을 지탱하여 주시던 서울 인헌고등학교 류길상 교감 선생님, 덕수상고 이종성 교무주임 선생님, 일일이 열거할 수 없이 정든 벗들, 친지들, 사랑스런 제자들. 저희 학급 학생들을 이종성 교무주임 선생님께 부탁 드립니다. 그동안 저의 수업을 대신하여 주신 여러 선생님들께도 감사드립니다.

　부디 처자를 따라간 저의 죽음을 애통해 하지 말 것을 이분들에게 당부 드리며 오히려 세 식구의 하늘나라에서의 다시는 헤어짐 없는 만남과 행복을 기원하여 주시기 바랍니다. 살아 계신 분들은 제가 없어도 능히 견디실 수 있지만 저희 세 사람은 함께 있지 않고는 살아갈 수 없기 때문입니다.

　항상 헌신적이고 겸손하며 빈곤한 저를 풍요롭게 하던 가없이 고운 아내와 "아빠" 하고 부르며 저를 향하여 달려오는 듯, 뒹굴며 씨름하자 조르던 아들은 죽음 이후에도 저로 하여금 세상에 걸린 마음 아픈 빚을 대강 정리할 수 있도록 하여 주었습니다.

　저희 세 식구의 주검은 가운데에 아들, 아들의 왼편에 아내, 오른편에 저의 순서로 나란히 관 하나에 묻어 주시고, 묘지는 장인어른의 뜻을 존중하여 주시고, 장례식 집행은 대전 빈들교회의 정지강 목사님께 이미 부탁 드린 바 있습니다. 저와 아내의 결혼 반지는 그대로 끼워 두시기 바랍니다. 먼 훗날 저의 부모님과 장인 장모님이 모두 돌아가신 후에는 아우 재을과 처남 대규가 다시 화장하여 강물에 띄워 줄 것을 부탁합니다.

저의 죽음으로 인하여 야기될지도 모르는 책임문제에 대하여 말씀드리겠습니다. 저의 죽음은 저의 간곡한 소망이었으므로 어느 누구라도 이에 대하여 문책하는 것은 저의 뜻에 어긋나는 일이며, 특히 여주군 관계자를 문책하는 일이 없기를 간곡히 당부드립니다.

사랑스런 아내와 자랑스런 아들을 다시 만날 것을 생각하니 더 없이 평온하고 즐겁습니다.

2. 정부 당국에 남기는 말씀

저의 아내는 1985년 2월 공주사범대학 불어교육과를 졸업하고 충청남도 교육위원회에 도 배정을 받아 발령을 대기하던 중, 충남의 불어과 적체가 심각하므로 적체를 평균화한다는 명목으로 본인의 희망이나 의사와 전혀 관계없이 행정력에 의해 강제로 강원도로 소개되어 도 배정 변경을 통고받았습니다. 그 결과 제 아내보다 늦게 졸업한 후배들 중 일부는 그 후 충남에 배정받아 먼저 발령을 받고, 제 아내는 그보다 뒤인 1989년 3월에야 비로소 현 근무지였던 강원도 홍천군 내면고등학교에 발령을 받았습니다.

오래 전으로 거슬러 올라가는 허탄한 결과론적 추궁이지만 문교부와 교육위원회의 주먹구구식 교원수습정책과 형평을 잃은 행정편의의 시책이 원망스럽습니다. 금번 섬강교 사고에서 희생된 교원이 모두 다섯 명이었으며, 가족과 주말에만 만날 수 있는 기막힌 처지였습니다. 이번 기회에 정부당국에서는 직장 관계로 떨어져 있는 가족들이 모일 수 있도록 획기적인 조치를 취하여 주시기 바랍니다.

아내가 내면고등학교에 발령을 받고부터 저와 아내는 번갈아가며 거의 매주 강원여객 버스편을 이용하여 왔습니다. 사고버스의 소속회사인 강원여객 해당 노선 버스들은 완만한 경사의 오르막길에서는 시속 20km 내외의 저속으로, 평지나 내리막길에서는 과속을 일삼는 경향을 조마조마한 마음으로 주시하여 왔으며 회사에 대하여 이 점을 항의하려 하던 중 이번 사고를 당하게 되었습니다. 정부 관계당국에서는 사고의 원인이 기관이 노후한 차량의 투입으로 인한 파행적 노선운행에서 비롯된 것인지 명확히 점검하여 주시기 바랍니다. 금번

섬강교 사고는 사고의 발생과 사고 수습과정(사체 인양
과정) 전반이 천재가 아닌 완전한 인재였음은 유족들의
가슴 모두에 아픈 응어리로 각인되어 있습니다.

저는 사고 당일인 9월 1일 오후 8시경 사고 현장에 도
착한 후 수습과정 전반을 지켜본 사람 중의 하나입니
다. 사고 발생 후 이틀이 지나도록 강원여객측에서는
실질적인 책임자 한 명 나타나지 않았으며, 정부 당국에
서는 아무런 수습대책도 제시해 주지 않았으며, 강원여
객측의 말단 직원과 말단 관리자들, 행정당국의 말단 책
임자들만 우왕좌왕하는 모습이었으며, 실질적인 행정
력과 권한을 행사할 수 있는 사람은 그 누구도 모습을
나타내지 않았으며 사체인양 대책에 대한 일언반구의
설명도 없었습니다.

행여 내 가족은 죽지 않았으리라 하는 일말의 인간적
인 소망을 버리지 못하던 유족들은 이제 죽은 가족의 사
체라도 찾기만을 간절히 빌었습니다. 도움의 손길 없이
지치고 힘없는 유족들은 어느 누구의 발의인지도 모르
게 영동고속도로를 점거하며 당국에 대하여 대책을 촉
구하기에 이르렀습니다. 그제서야 비로소 현지 경찰 책

임자들은 유족들에게 도로점거 농성의 해제를 종용하였고, 상호 협의 후 정부 책임자와 강원여객 사장이 나와 수습대책(사체인양 대책)을 제시하겠다는 약속을 받고 농성을 해제하였습니다. 그러나 약속한 시간이 지난 후 실질적인 책임자는 아무도 나타나지 않았으며, 오히려 유족들의 동요를 제지하기 위하여 전경대가 투입되고 있었습니다. 나라는 불행에 처한 국민을 위로하기는커녕 그들을 죄인으로 만들었으며, 이제는 죄인으로 취급하고 있었습니다.

이제까지 저는 처자를 잃은 슬픔으로 기진하고 살아있다는 사실이 부끄럽고 이것을 저의 기구한 운명의 탓으로 돌리고 넋을 놓고 있었지만 슬픔은 분노로 변하기 시작하였습니다.

애매한 전경들과 현지 경찰들, 여주군청 직원들과 유족들 간의 아무런 실효없는 몸부림으로 시간은 지나가고 있었습니다.

사건 발생 후 3일째 자정 무렵에야 강원여객 사장이 나타나 아무런 대책 제시 없이 몇 마디 사과의 변만을 늘어놓고 가 버렸습니다.

　나라는 국민을 위하여 존재하는 것이며 정치는 국민에게 희망을 주고 국민의 아픈 상처를 어루만져 주어야 하는 것일진대 대통령이라도 발벗고 나서서 유족을 위로했어야 할 것이며, 사건 발생 후 즉시 중앙정부가 개입하고, 실질적인 고위 정부당국이 대책을 마련하여 수습에 나섰더라면 섬강 사고는 이처럼 장기화되거나 가족이 죽은 슬픔을 넘어 죽은 가족의 사체를 찾지 못하여 몸부림치는 유족들의 가슴에 더 한층 슬픔과 나라에 대한 불신을 심지는 않았을 것입니다. 죽은 가족에 대한 슬픔을 넘어 사체라도 찾아달라는 유족들의 기막힌 통곡을 외면하는 정부는 하늘의 진노를 변하지 못할 것이며, 의지하고 기댈 언덕이 없는 서러운 동족이 하나둘 늘어간다면 이 나라는 과연 어디로 가겠습니까? 정부 관계자는 이제라도 고압적이고 권위주의적인 자세를 버리고 국민이 원할 때 가까이 있어 주는 공복이 되어야 할 것입니다. 저 자신도 이번 사건을 경험하기 전 유사한 사고가 매스컴에 보도될 때마다 그것은 저의 일이 아닌 알지 못하는 다른 사람들의 일이며 강 건너 불이라고 치부하던 사람 중의 하나였음을 고백하며 죄스러움을 가눌 수 없습니다.

　금번 사고를 통하여 저는 전문적인 사고수습 전담반의 필요성을 절감하였습니다. 여주군청이라는 지방관청이 주관하여 수습할 수 있는 차원의 사건이 아니었기 때문입니다.

　또한 교량의 면밀하지 못한 설계와 부실한 시공, 고속도로 순찰반, 도로교통공사의 홍보와 주의환기 부족 등만 아니었더라도 이번 사고는 최소화되었을 것입니다. 이를테면 교량의 턱을 높인다든가 교량 난간에 완충장치를 설치하는 점을 고려하여 주시기 바랍니다.

　여주군청 군수님과 직원 여러분들, 현지 경찰, 상부의 지시대로 출동하여 고생하던 전경들, 군인 장병들, 민간 구조대들, 강원여객 말단 직원들, 특히 지역 어부와 주민들에게 깊은 감사를 드리며, 도로 점거로 인해 교통에 불편을 드리게 된 점을 깊이 사과 드립니다.

　마지막으로 부모님께 말씀 드립니다. 부모님께서는 이 보상금으로 전세를 조금 나은 곳으로 옮기시고 어머니가 바라시던 대로 조그마한 식당을 하나 마련해 보시기 바랍니다.

장인 장모님께 말씀드립니다. 곱고 귀한 따님을 데려다가 고생만 시키고 급기야 이 일을 당하도록 부족한 사위를 위로해 주시고 밀어 주신 장인 장모님께 감사 드립니다. 저희가 이 땅에서 다 못 이룬 사랑을 하늘나라에서 깊이 사랑하며 살겠습니다.

사랑스런 아내와 자랑스런 아들을 다시 만날 것을 생각하니 한없이 평안하고 즐거운 마음뿐입니다. 혹시 제가 빠뜨린 부분이 있다면 양가 부모님께서 인사하여 주시고 조객들에게 빠짐없이 감사장을 보내 주시기 바랍니다.

1990. 9. 11

최영애의 남편이자 장호의 아비인

장재인 드림

| 초판본 발문 |
장재인에 관한추억

신현수(시인, 전 대천고교사)

1

여러가지 죽음이 있다. 며칠 전 새벽, 87년 구로항쟁
으로 감옥에 끌려 갔다가 옥에서 얻은 위암과 처절히 싸
우다 길지 않은 생을 마감한 이가 있었다. 김병곤 동지.
그는 74년 민청학련 사건으로 무기징역을 받고도 꿋꿋
이 민주화의 길에 온 몸과 마음을 바쳐 투쟁하다가 끝내
병으로 쓰러졌지만 실제로는 독재정권의 타살이었다.
또 얼마 전 거의 한 평생을 그가 믿는 이념과 양심을 지
키느라 감옥 속에서 온갖 고문과 회유에도 목숨을 걸고
전향하지 않고 있다가, 옥에서 겨우 나와 바깥에서의 삶
을 오히려 견디지 못하고 나무에 목을 매달아 자살한 이
가 있었다. 장기수 할아버지 정대철 씨. 또 인권 변호사
로서 유신독재와 5공 군부독재를 온몸으로 헤쳐 나왔던
조영래 씨도 결국 폐암으로 쓰러졌고, 하루종일 월셋방

을 구하러 다니다가 결국 자살한 가장도 있었다. 평생 철거의 악몽에 시달리다가 자살한 여인도 있었고, 평화시장 봉제공장에 불이나 질식사한 어린 노동자들도 있었다. 어떤 이들은 죽음은 그 누구도 피할 수 없다고도 하고, 자신을 지극히 사랑하는 이가 자살을 선택한다고도 하고, 자신이 처해진 환경과 처지의 어려움을 극적으로 표현하기 위하여 자살을 한다고도 한다. 어떤 이는 죽음으로서 삶의 나머지 반을 완성한다고도 하고, 어떤 이는 자살할 용기로 이 세상에 살아남아 못할 일이 없다고도 하고, 자살하는 자는 자기밖에 모르는 철저한 이기주의자라고도 한다. 스스로 죽는 이는 겁쟁이라고도 하고, 스스로 목숨을 끊을 수 있는 동물은 인간밖에 없기 때문에 인간은 위대하다고도 한다.

2

그리고 내 친구 장재인은 자살했다. 아내와 아들을 섬강교 버스 추락사고로 한꺼번에 잃고 의연히 대처하는듯했으나 그의 아내와 아들의 주검이 놓였던 여주 고대병원 앞을 흐르는 강둑 위의 전봇대에 목을 매 스스로 길지 않은 삶을 마감했다. 내 친구 장재인은 죽었고 나는 지금 살아 그가 남긴 유고들을 묶은 시집의 발문을 쓰고 있는 중이다. 그는 죽었고 나는 살았다. 우리들이 사랑했던 재인이와 그의 아내 최영애와 아들 장호를 한꺼번에 남한강 공원묘지에 묻으면서 나는 참 많이 울었다. 재인이는 자신의 죽음에 대하여 애석해 하지 말라고 하였으나, 나의 아버지가 갑작스럽게 돌아가셨을 때 보다도 더 서럽게 목놓아 울었다. 학교에 다니던 시절 함께 라면을 끓여 먹던 일이 생각나 울었으며, 설겆이하기 가위바위보에서 내가 졌는데도 재인이 설겆이를 해준 일이 생각나 울었다. 술 먹고 학교 앞 삼거리 길바닥에 뻗어 있을때 나를 업고 산성동 꼭대기까지 올라갔던 일이 생각나 울었다. 그가 살았을 때 좀 더 친하게 지내지 못했던 것에 대하여 울었고, 그가 어렵던 시절 영애가 장호를 임신했을때 돈이 없어 병원을 한 번도 못가 봤다고 말한 것이 생각나 울었다. 하루 종일 목이 터지도록 떠들어도 돈은 되지 않았던 재인이의 대전 학원 강사 시절에, 나는 부부가 선생을 하며 제법 돈을 벌었으면서도 겨우 집에서 쓰다 남은 그릇 몇 개를 주고 돌아온 것이 생각나 울었으며, 아우 재을이 제수씨 금자와 공주에서 분식집을 한다고 돈이 필요하다고 재인이 전화했을 때 냉담했던 것에 대하여 울었다. 할 일이 없고, 취직이 안 되어 하루 종일 신문의 구인광고난을 봤다는 것이 생각나 울었으며, 월부로 파는 영어 테이프를 들고 서울에서 내가 선생을 하던 대천까지 내려왔을 때 학교 밖에서 한참을 기다리게 했고, 테이프는 물론 팔아 주지 않았으며 그냥 술만 먹고 말았던 것에 대하여 울었다. 중고생이 쓸 수 있는 것을 갖고 다니면 좀 팔아 주겠다는 또 다른 친구의 말이 재인의 가슴을 얼마나 후벼팠을까가 생각나 울었다. 그가 대전교도소와 영등포구치소에 우리들을 대신해서 붙잡혀 가 있던 때 단 한 번도 면회를 가지 않은 것에 대하여 울었고, 내가 해직이 되었을 때 차비라도 쥐어 주려고 한 것에 대하여 울었다. 통곡을 하면서 나는 생각했다. 나는 지금 왜 이렇게 쉽게 우는가. 재인의 죽음이 슬퍼서 운 것인가, 재인의 죽음이 안타까워 운 것인가. 재인의 죽음을 위하여 운 것인가, 나를 위하여 운 것인가. 견딜 수 없는 재인과 우리들과의 추억 때문에 운 것인가. 죽은 이를 위하여 흘리는 눈물은 결국 산 자 스스로를 위하여 흘리는 눈물인가. 재인은 학교에 남아 윗 사람의 칭찬을 받는 선생이었고, 나는 해직되었고, 그것 때문에 더 자주 만나지 못했고, 최근에는 결국 그의 늦은 결혼식 때 한 번 보았고, 영애와 장호가 죽었을 때 두 번 보았으며, 그리고는 더 이상 그를 볼 수 없었다. 날밤을 새우고 다음날 재인이 잠깐 눈을 붙였을 때 나는 크게 바쁜 일도 없었으면서 여주에서 서울로 올라왔고, 그게 재인과 나와의 마지막이었다. 재인의 결혼식 때 보았다가 재인의 장례식 때 만난 친구도 많았다. 재인은 죽었고 우리는 살았다. 재인은 자살했고 나는 살아남아 그의 유고시집의 발문을 쓴다. 이게 도대체 뭔가. 죽는 것은 무엇이고 자살한다는 것은 무엇이며 살아 있다는 것은 무엇이며 살아남아 글을 쓴다는 것은 대체 무엇이란 말인가.

3

1990년 9월 1일 토요일, 영애는 학교를 마친 후 아들 장호를 데리고 남편을 만나기 위하여 서울행 버스를 탔다. 영애는 학교를 졸업한 지 4년만인 작년 3월 전혀 연

고가 없는 강원도 내면고등학교에 발령을 받았고, 재인
은 서울 덕수상고에 87년 9월 역시 뒤늦게 발령을 받아
교사 생활을 했다. 이들은 소위 주말부부로 한 달에 세
번은 재인이 강원도로, 한번은 영애가 서울로 오르내렸
다. 그날은 원래 재인이 내려가기로 했었다고 했다. 그
날 재인이 강원도로 내려갈 수도 있었을 것이다. 원주
지나 여주와의 경계를 긋는 섬강교 위에서 빗길에 과속
으로 달리던 강원여객 버스는 중앙선을 침범하고 섬강
교 아래로 추락했다. 그날 영애의 학교가 조금 일찍 끝
났거나 늦게 끝났더라면 그 버스를 타지 않을 수도 있었
을 것이다. 섬장교를 거의 다 건너와서 버스는 반대편
난간을 들이받고 추락했다. 한 십 미터만 더 진행하여
사고가 났어도 영애와 장호는 죽음에 까지 이르지는 않
았을지도 모른다. 장마로 잔뜩 불은 섬강은 버스와 함
께 영애와 장호를 비롯하여 그 버스에 탄 대부분의 승객
들을 삼켜 버렸다. 확인되지는 않았으나, 장호를 어느
청년에게 부탁한 영애 자신은 헤엄쳐 나올 수 있었는데
(평소에 영애는 수영을 할 줄 알았다고 한다) 장호가 못
나온 것을 확인한 후 다시 검붉은 강물 속으로 뛰어 들

어 갔다고 했다. 구의동 터미널에서 아내와 아들을 기다리던 재인은 홍천 쪽에서의 버스가 도착하지 않자 의아해 하다가 사고소식을 들었다. 설마하면서 사고 현장으로 달려간 재인의 몸뚱아리는 그대로 바닥으로 가라앉고 말았다. 거의 식음을 전폐하고 시신을 찾다가 5일 후 영애의 주검을 가까스로 건질 수 있었지만 이미 얼굴을 알아보기 어려울 정도였다. 그리고 장호는 끝내 나타나지 않았다. 여주 고대병원에 영애를 안치한 후, 재언은 사고 현장을 떠나지 않고 며칠 밤낮을 제 정신이 아닌 상태로, 그러나 겉으로는 매몰찰 정도로 의연하게 보냈다. 생각해 보라. 내 어린 아들이 검붉은 물 위를 온몸이 물에 불은 채로 퉁퉁 떠다니고 있다고. 유서를 보면 재인은 죽음을 천천히 준비한 듯하다. 아우 재을에 의하면 11일 형이 한나절 없어졌었다고 했다. 이날 그는 유서를 작성한 것 같다. 유서 맨 앞 장은 이미 써 놓은 유서에 죽기 바로 직전 따로 한 장 붙인 것이다. 장호는 강화도 앞바다에서 한 어부의 신고로 찾을 수 있었다. 무려 13일만에. 장호가 나타날 때까지의 13일 동안 재인의 몸 안의 피는 모두 말라 버렸을 것이다. 그 어부는 어린 장호의 주검을 수습하고 병원으로 함께 왔다가 다음 날 새벽 그 어린 아들의 아비의 주검을 수습했다. 목을 맨 재인을 처음 발견하고 재언을 전봇대에서 끌어내린 이는 그 어부였다.(어부 아저씨여! 복받으시라) 영애와 장호의 장례식을 치루기로 한 날, 9월 15일 새벽에 재인은 죽었다. 유서 원본과 복사본 2부를 남겨 놓았는데 그 새벽에 어디 가서 유서는 복사를 했으며, 14일인 줄 알았다가 12시가 넘은 새벽 2시이므로 15일로 고쳐 쓴 유서를 좀 보라. 유서를 처음 읽으면서 나는 손이 벌벌 떨렸다. 세상에 이렇게 철저히 준비하고 죽는 수도 있단 말인가. 세상에 이렇게 끔찍한 유서도 있단 말인가. 도대체 산다는 것은, 살아 있다는 것은, 죽는다는 것은, 자살한다는 것은 무엇인가. 죽었다는 것과 살아 있다는 것의 차이는 무엇인가. 쉽게 믿어지지 않았으며, 재인이 장난 놀고 있다고 생각했다. 그리고 숨어 있다가 어디선가 나타나리라 생각되었다. 재인의 유서대로 생사의 차이는 그렇게 간결한 것인가. 우리가 이렇게 살아 사랑하고 미워하며, 가르치고 투쟁하는 것은 아무것도 아니란 말인가. 나는 재인이가 자살을 준비하고 있었던 때 집에서 편히 자빠져 자고 있었다는 것이 견딜 수가 없다. 재인이 죽던 전날 밤은 장호를 찾아 상가에 그래도 약간은 안도의 분위기가 감돌던 때였다. 그날 재인은 어머니에게 돈을 몇 만 원 달라고 해서 장호를 건져 준 어부 아저씨와 그날 밤 여주병원에 있던 친구들 몇 명에게 돈을 나누어 주며 화투를 치라고 하고 영애가 생전에 잘 부르던 노래라며 스스로 부르기도 했다. '바람이 서늘도 하여 뜰 앞에 나섰더니~' '봄에 이루어진 사랑은 마음이 예쁜 사랑~' 아내와 아들을 잃고 아내가 생전에 즐겨 부르던 노래를 하는 재인의 목소리야말로 서늘하였다. 사람들이 하나둘 피곤한 몸을 되는 대로 누일 때 혼자 나와 유서 맨 앞 장을 다시 쓰고, 유서를 복사하고, 아내가 누워 있던 영안실 안의 냉동실에 들어가 아내의 머리 맡에 유서 원본을 놓아 두고 복사본 1부는 가방 속에, 1부는 자기 주머니 속에 넣고, 자신의 목을 맬 끈을 들고 병원 뒤를 흐르는 강의 둑 위를 어둡고 찬 새벽 혼자 걸어갔을 것이다. 아 지금 내 귀에서 이상한 소리가 난다. 이명耳鳴중인가. 그리고 분명 미리 봐 두었을 전봇대에 끈을 걸고 목을 매달았다. 그렇게 재인은 죽었다.

"세상을 붙잡으려다 처자를 버리고 이제는 처자를 부여안기 위하여 세상을 버린" 재인이, "불행한 사람의 삶에 뛰어들어 고생만 하던 고마운 아내, 아들의 뒤를 따라가서 강으로 뛰어들어 갔다는 아내처럼 저도 처자를 찾아 떠난" 재인이, 그것이 "사고 현장에 도착한 이래 강물을 바라보며 제 마음에 살아오는 유일한 소망이었다"는 재인이, "살아남아 보람된 일을 해야 한다는 생의 의무감을 생각하지 아니한 것이 아니지만 저희 세 식구가 지닌 쓰라린 사랑의 메시지보다 더 생생한 경종이 어디에 있겠으며, 살아남은 사람들에게 사랑을 일깨우고자 하는 생을 초월한 선택이 어찌 소극적인 결심일 수 있겠"냐는 재인이, "처자를 실어간 섬강의 물결을 바라보며 제가 기원한 것은 처자를 다시 만나고자 하는 소망이 동요되지 않기"만을 바란 재인이, 그러면서도 "이러한 결심 이후로 살아 남은 사람들의 애정어린 유대가 저를 괴롭"혔다는 재인이, "살아 계신 분들은 제가 없어도 능히 견딜 수 있지만 저희 세 사람은 함께 있지 않고는 살아갈 수 없기 때문"이라는 재인이, 아 나는 지금 재인의 유서를 인용하며 무슨 짓을 하고 있는 것인가. 유고를 정리하다가 나온 메모지를 보면 재인은 두 부부가 버는 거의 모든 돈을 지출했다. 그의 짧은 생애 중 단 한 번도 넉넉하게 살아 보지 못한 장재인. 5남매의 맏이로 단칸방에서 모든 식구들이 함께 살다, 겨우 6백만 원짜리 옥탑방에서 보다 나은 미래를 꿈꾸던 장재인, 그가 살았을 때 우리는 그에게 무엇을 더 요구했는가. 나는 그에게 무엇을 불편해 했으며 왜 자주 만나지 않았는가.

4

장재인은 1958년 10월 30일 충남 논산군 상월면 상도리에서 5남매 중의 맏이로 태어났다. 논산 상월의 대명국민학교를 다니다가 집안이 모두 서울로 이사하는 바람에 서울 청운국민학교로 전학해 그 학교를 졸업했다. 장재인의 어린 시절은 비교적 경제적으로 부족함이 없었던 것으로 보인다. 부모님이 시골의 논과 밭 등 가산을 정리한 돈으로 서울로 올라와 화덕공장을 경영하였는데 실패하고, 택시를 사서 운수업을 하다가 사람이 죽는 교통사고를 당하고 난 후부터 재인의 집은 경제적으로 많은 어려움을 겪고 집안은 서서히 기울기 시작했다. 배문중학교와 중앙고등학교를 다녔는데 신문배달이니 군고구마 장사니를 하면서 어렵게 학교를 마쳤다. 고등학교 졸업 후 육군사관학교에 응시했으나 낙방하고, 1년 재수 후 공주사범대학 영어교육과에 78학번으로 입학한다. 공주사범대학 신문사에 입사하여 기자 생활을 하기도 한 그는, 80년 봄 공주사대 학생회장으로 당선되면서 더욱 고통스런 삶의 길을 걷게 된다. 80년 공주사대의 거의 모든 집회와 농성을 주도하던 그는 결국 오랜 수배생활 끝에 포고령법 위반으로 구속되어, 보안사 등지에서 모진 고초를 겪다가 대전교도소와 영등포구치소에서 1년 남짓 영어의 세월을 보냈다. 81년 1월 13일 제 3관구 계엄 보통군법회의에서 선고유예의 판결을 받아 석방된 그는 풀려나자마자 곧바로 강집당하여 83년 11월까지 3년간 육군에 입대, 군종사병으로 복무한다. 학교를 떠난 지 4년만인 84년에 다시 복학하여 학교를 다니게 되었는데 이 유고시집의 대부분이 이때 씌어진 시들이다. 그러면서 4년 후배였던 아내 최영애를 만난다. 86년 2월에 졸업하여 서울로 도 배정을 받았으나 보안심사에 결려 교사 발령을 받지 못했다. 갖은 고생 끝에 87년 9월 덕수상고에 발령을 받게 되었는데 89년 8월 6일 뒤늦은 지각 결혼식을 올렸다. 결혼식을 올린 지 꼭 1년 남짓만에 이런 어처구니 없는 참극이 그들 식구들에게 찾아온 것이다. 9월 17일 여주 고대병원에서 정지강 목사님의 집례로 장례식을 치루었고, 여주 근처 남한강 공원묘지에 부모와 형제와 친구들과 제자들의 오열 속에 세 식구 나란히 묻혔다.

5

쓸데없는 얘기지만, 유서를 보면 짐작할 수 있는 것처럼 장재인의 필력은 보통 사람 이상이었다. 앞에서 말한 것처럼, 대학시절 신문기자였던 적도 있었지만 평소에 글을 많이 써왔던 듯하다. 여기 모아 놓은 작품은 재인이 일기장이나 노트에 써 놓았던 것을 스스로 정리하여 묶은 것을 토대로 한 것이다. 복학한 때인 84년 3월부터 6월 사이에 집중적으로 썼는데 거의 하루에 한 편씩 써나갔다. 최근의 글들을 찾을 수 없는 것이 매우 안타까웠고 아쉬웠지만 그 나름대로의 의미가 있을듯 싶어 친구들끼리 의견을 모은 결과 책으로 묶어 내기로 하였다. 이 유고시집에 실린 시와 몇 편의 산문에 대하여 굳이 말한다는 것이 어쩌면 너무나 허망하다. 더욱이 이 시편들의 작품성에 대하여 운운하고 싶지는 않으나 몇 가지만 얘기하고 넘어가야겠다.

그의 시편들은 "어느 핸가 사람이 꽤 죽어가던 무렵/ 내 목숨이 내것이 아니었던 때"(「술」 앞부분) 즉 80년 공주사대 학생회장 당선되어 포고령법 위반으로 잡혀 들어가 '내 목숨이 내 것이 아니었던 때'를 1년여 겪다가 4년만에 다시 학교로 돌아온 뒤의 어려운 일상을 담담히 서술하고 있다. 4년만에 다시 찾아간 학교 앞 낯익은 술집의 여주인은 "나더러 옛 모습이 아니라"하고 "겉만 보고 나더러 늙었다"(「아모레 주막」)하는 어쩌면 낯선 학교에서 그는 4년 전의 그날들을 다시 떠올리기도 하고(「우산은 소용 없다」) 후배들이 다시 4년 전의 그 장소였던 '목련사 앞 잔디'에 모여 농성을 하는 장면을 멀리 떨어져서 지켜보기도 한다.

애타게 소망하던 무리가

거처 떠난 곳

모질게도 속고

무던히도 믿으며 떠나간 곳

잔디밭

주인 없이 비어 있을 때

구둣발에

엉덩이에 눌리던

잔디

살아 꿈틀 오르며

자유를 대신 노래하고 있다

　　　　　　　　　　　- 「목련사앞 잔디밭」 전문

"피를 먹고 자란 민주는/ 또 다시 피만을 부르고/ 민주는 보이지 않는다"(「4월 30일」) 그래서 그의 후배들은 그를 다시 잔디밭 가운데 자리로 나오기를 원하고 있으나 "어머니/ 중촌동에 맺힌 눈물이/ 시내되어 흐를 때// 무동의 골에는/ 피가 고여 있었지요/ 그런데/ 피보다 눈물이/ 더욱 두려운 까닭"(「물은 피보다 진하다」)

으로 그들에게 가까이 다가갈 수가 없다. "아침에 일어
나 거울을 보니/ 낯선 사람이 바라본다/ 어머니의 주름
진 모습/ 걱정스레 바라보고 있다"(「파경」) 거울 속에서
다시 어머니의 얼굴이 보이고 있는 '술 깬 아침'마다 괴
로워하며 "이 세상에서 그대를 사랑할 이/ 자네 뿐이니/
그대 홀로 잘 살아 봐라/ 재인아 벗어라/ 모든 끈을/ 그
리고 너 혼자/ 이 세상 떳떳하게/ 살고 싶은 만큼 살라"
고 외쳐 보기도 하지만 결국 이미 망가진 몸은 "불쌍한
간이여/ 코피여/ 오늘 아침도/ 아침 같지 않은"(「파경」)
매일 아침을 코피를 쏟으며 새로 시작한다. 그러면서
"우리 하숙집 개는 짖을 줄을 모른다/ 짖지는 못해도 꼬
리라도 흔들어라/ 너도 침묵하는가"(「불곡」)라고 자조
하기도 한다. 그러나 그는 결국 "현실주의는 스스로의
내적갈등을 극복하고 자신의 소망을 대중의 소망에 기
반하며 역사현실에서 현재를 통하여 미래를 투시하고
자 하는 의리의 가난한 싸움"(산문 「현실과 이상, 순수
와 참여」)이라는 것을 잘 알기에 "악은 합하여 산을 이
루고/ 선의 씨앗은 돌밭에 떨어질지라도/ 어둠아 더 깊
이 드리우라/ 어디/ 너의 끝을 보고야 말리라"(「5월의

다짐」)고 다짐하기도 하며 "너무나 막을 길 없는 진리가 있어/ 우리는 이제 더 참을 수 없다// 참을 참이라 말할 수 없고/ 의를 의로 느껴서는 안 되고/ 바름을 바른대로 봐서는 안 되"는 "위태로운 내 나라를 참을 수"없어 "임종의 베개맡/ 가족을 부여 잡고 가쁜 숨을 몰아 지켜 보는/ 자식의 절박한 심정으로/ 우리는 일어설 것"이라고 '절규'한다. 이 시집의 모태가 된, 그 스스로 정리하여 묶은 문집을 보면 앞 표지에 정리한 날짜를 1984년 10월 18일이라고 쓰고 그 밑에 "中正"이라고 써놓았는데, 스스로 아호로 정하여 쓴 것인지, 자신의 필명으로 쓴 것인지 확실히 알 수는 없으나 결국 "이상과 현실"사이에서 괴로워하다가 그 자신의 삶의 방향과 태도로 정하기 위하여 그렇게 쓴 것이 아닌지 모르겠다. 가운데가 바르다고 한 것인지, 모든 일에 중용을 지키자고 한 것인지, 막말로 중간만 가자는 것인지 확실하진 않지만, 그가 복학하고 나서의 고민과 갈등과 외로움을 이 "中正"이란 단어가 아주 적절하게 나타내 주고 있는 것 같아 새삼 안타깝고 안쓰럽다.

　나는 그의 시집에서 시인으로서의 그의 뛰어난 자질

도 엿볼 수 있는 매우 아름답고 탁월한 서정시 한 편을
발견하였다.

별을 알기 전

가득함을 알았지만

별을 알고 나서

빈 마음을 알았습니다

별을 알기 전

신념의 풍요를 알았지만

별을 알고 나서

풍요는 갈증에 눈뜨기 시작했습니다

언제든가 별이 들어온 날

가슴은 별로 가득하였지만

그때부터 한 구석 빈 마음임을

깨달았습니다

별을 알기 전

고요인줄 알았던 것은

별을 알고 나서

그것이 소용돌이임을 알았습니다

마침내 가슴에는 별을 향하여

길이 생겼습니다

－「별」전문

　암울한 역사의 한복판에서 갈등하고 괴로워하면서도 그는 이렇게 아름다운 시를 쓰기도 하였던 것이다. 약간의 호기심으로 그가 이 시를 쓴 날짜의 일기를 들춰 보니 「별」이 구체적인 대상을 지칭하는 것인지, 그냥 막연한 그리움의 대상인지, 하늘에 떠 있는 "별"인지는 확실치 않으나 어쨌든 매우 슬프고 쓸쓸하며 가슴 한 구석 찡하게 저려 오는 아름다운 시임에 틀림없다.

　"오늘도 가고 어제도 갔다/ 시간만 가고 마음은 남는 자리/ 내일을 캐면 토라지는 // 그대여 여기는 지금 어디쯤인가……(중략)……지금 여긴 // 마른 바람이 종일 덜컹거린다/ 도시를 휘감은 산줄기/ 거대한 숯덩이로 꺼지며/ 죽는 연기를 뿜어대고 // 무덤같은 살덩이들이/ 감히 나를/ 샛길도 모르는 천치 바보라고/ 빈정대다 잠이 들었다./ 캄캄해질수록 더욱 또렷해지는/ 어둠에 빛나며/ 나는 묻노니// 그대여 대답하라.”(「그대여」)라든가 “당신이 앞서 갔을 때 거기 놓인 흔적을 보고/ 그를 확인하며 당신이 애정하였던 그것에/ 나도 열렬히 사랑할 것입니다./ 나의 자취를 당신이 따라 왔을 때에도/ 그로 인해 용기를 전하기를 원합니다./ 오늘 밤에는 당신이 자주 보던 달과/ 산성의 벚꽃이 쉬고 있습니다// 당신도 이제 쉬어야지요”(「당신」 뒷부분), 또 “목숨이 제 목숨이 아니고/ 명예가 명예가 아닌 세상/ 이름 묻힌 들풀로 살아도 좋다/ 터럭만큼도 부러워하지 않는/ 꿋꿋한 들풀로 살아도 좋다(「들풀」 중간 부분) 등의 구절은 재인의 아름답고 깊고 그윽한 심성을 있는 그대로 잘 드러내 주고 있다. 김상진 열사를 추모하는 시 「눈물을 흘리지 말자」에서 그는 “나도 죽을 때면 너희는 살아 기뻐하라고 외치리라”했는데 그가 남긴 유서에 “부디 슬퍼하거나 애석해 하시지 말고, 살아 계신 분들은 나름의 행복을 찾아 따사롭게 사시는 것이 저의 소망입니다”라고 쓴 구절이 생각나 다시 가슴이 저린다.

나는 재인이 이 세상에 와서 살다 남긴 흔적이 어떻게 기록될지 모르겠으며, 죽음에 대한 그의 태도와 죽음의 방법과 결심이 어떻게 평가될지 또한 모르겠다. 나는 이 시집으로 하여 재인의 일이 다시 떠들썩해지기를 원치 않으며, 더구나 이 시집 한 권으로 재인이 시인으로 불려지기를 원치 않는다. 재인이 죽고 난 후 병원 영안실로, 장례식으로 여성잡지들 따위에서 취재를 왔을 때 그 잡지와 찾아온 기자들을 나는 경멸했다. 재인의 죽음 역시 순애보 어쩌구하며 결국 잡지를 잘 팔기 위한 자본 증식의 도구여야 한단 말인가. 그러면서도 내심으로는 또 재인의 일이 세상에 널리 알려지기를 바랐다. 단순히 흥미거리가 아니라 그의 삶의 진실과 고통을 꾸밈없이 드러내 주기만을 바랐다. 이 자기모순을 나도 잘 설명할 수가 없다. 지금 나는 나의 글쓰는 행위가 그의 진실을 드러내고 있는가에 대해 끊임없이 회의하면서 나는 그가 아내와 아들을 따라간 순결한 남편으로도 남기를 원하지만 이 땅에 한 사람의 시인으로도 남기를 원한다.

6

나는 재인의 시집에 실을 발문을 준비하면서 우리들이 사랑했던 재인과 영애와 장호 때문에 며칠 간을 또다시 앓았다. 유서를 거듭 읽어야 하는 일 또한 고통스러웠다. 그리고 또 손이 떨렸다. 이미 그들의 무덤 앞에서 친척과 친구들이 모여 사십구재도 올렸고, 비석도 조그맣게 마련했다. 그렇지만 아직도 끝내 떨치지 못하는 의문이 있다. 재인은 정말 그토록 죽음으로 소망하던 그의 아내와 아들을 하늘나라에 가서 만난 것일까. 하늘나라가 있기는 한 것일까. 사람은 죽으면 어디로 가는가. 재인은 죽기 전에 정말 그의 아내와 아들과 하늘나라에서 영원히 함께 살 수 있다고 믿었던 것일까.

세 식구의 장례를 치루고 난 후 나는 친구들에게 다음과 같은 내용의 편지를 써 보냈다.

"생각할수록 어이 없고, 가슴이 막히며, 마치 한바탕 꿈을 꾼듯한 이번 일을 겪으면서 우리 살아남은 사람들은 또 어쩔 수 없이 각자의 삶의 현장에서 최선을 다해 살아가는 일밖에 죽은 이들을 위하여 무슨 뾰족한 할 일이 없음을 안타깝게 생각합니다. 그들 세 식구가 이 척박한 땅에 잠깐 동안 왔던 이유는 무엇일까. 우리가 아직도 살아 있는 이 세상에, 그들 세 식구가 남기려고 한 이야기는 무엇일까. 장호의 짧은 삶을 통하여 하느님은 대체 무얼 말하려고 한 것일까. 세상을 부여잡으려다 처자를 버리고, 영원히 처자를 만나기 위하여 이 안타까운 세상을 버린 장재인과 강물에 휩쓸려간 영애와 장호가 남긴 사랑과 눈물과 고통을 이제 우리의 몫으로 하면서 그들 세 식구를 위한 애통의 눈물을 이제 그만 거두려 합니다."

친구들은 그가 죽은 후 모여서 술을 먹을 때마다 까닭 모를 억울함으로, 안타까운 심정으로 재인에 관한 '추억'을 말하였다. 어떤 친구는 눈물을 흘리며 "그는 지금 없지만, 그는 우리 옆에 지금 있다"고 얘기하기도 했다. 또 어떤 친구는 "그는 당장 없음으로하여 우리 곁에 늘 그리고 언제나 끝까지 나만 있으려 했다"고 말하기도 했다. 재인은 죽어 도대체 무얼 말하려고 한 것일까. 나는 아직도 정리가 잘 되지 않는다. 뭐가 뭔지 아직도 잘 모르겠다. 죽는 것은 무엇이고, 산다는 것은 무엇인지. 그냥 살아 있는 일 외에 그들을 위해 내가 할 수 있는 일이 없어 안타깝다. 나도 어쩔 수 없이 내 진실로 사랑했던 친구 장재인, 한없이 착하고 예쁘고 영리했던 후배이자 재인의 아내였던 영애, 그리고 그들의 아들 장호의 명복을 두 손 모아 비손하는 수밖에. 남들처럼.

발문을 마치면서 재인의 온 세상을 포용하는 듯한, 그러면서 한편 바보같았던 웃음이 떠오른다.

1990. 12. 15.

재인이 죽은 지 꼭 세 달째 되는 새벽에

우리들이 사랑했던 재인, 영애, 장호를 그리며

신현수 삼가 씀

■ 덧붙임 : 장호는 살았을 때 그 또래의 아이들이 그러하듯 잠자리 잡기를 무척 좋아했다. 영애와 장호가 살던 강원도 내면 집엔 장호가 잡아다 놓은 잠자리로 가득했다. 잠자리는 부엌 찬장 안에도 있었고 방 안에도 있었다. 집안은 온통 죽은 잠자리 투성이였다.

몇 주 전 아우 재을과 제수씨 금자가 아들을 낳았다. 평화시장에 가서 아기 이불을 사다가 아기 이름을 "평화"라고 지었다고 했다. 장평화, 장호의 사촌동생. 삶은 이렇게 계속되는 것인가. 살아 남은 이들은 이렇게 계속 살아가는 것인가.

| 초판본 편집후기 |

"세상을 붙잡으려다 처자를 버리고 이제는 처자를 부여잡기 위하여 세상을 버리려고 합니다. 불행한 사람의 삶에 뛰어들어 고생만 하던 고마운 아내. 아들의 뒤를 따라 다시 강으로 뛰어들었다는 아내처럼 저도 처자를 찾아 떠나려 합니다. 이것은 사고 현장에 도착한 이래 강물을 바라보며 제 마음에 새겨온 유일한 소망이었습니다. 행여 살아남아 보람된 일을 해야 한다는 생의 의무감을 생각하지 아니한 것은 아니지만 저의 세 식구가 지닌 쓰라린 사랑의 메시지보다 더 생생한 경종이 어디에 있겠으며, 살아남은 사람들에게 사랑을 일깨우고자 하는 생을 초월한 선택이 어찌 소극적인 결심일 수 있습니까."

이 글은 90년 9월 1일 섬강교 버스 추락 참변으로 처자식을 잃고 자신도 처자를 따라 가버린 나의 친구 장재인의 유서의 일부분이다. 느닷없는 사고에다 뜻하지 않은 죽음으로 우리들의 삶의 리듬마저 흐트려 놓은 장재인. 그의 유언대로 한 무덤에 세 식구를 묻어 주고 내려올 때도 눈물 한 방울 나오지 않았다. 너무나 허망하게 이 세상을 하직한 그에 대한 분노 때문일까? 아니면 너무나 완벽하게 죽음으로 몰아넣은 이 사회에 대한 저주 때문일까? 가족, 친구, 제자들의 오열 속에서도 이상하리만큼 나는 냉정해졌었다.

그의 동생 재을로부터 생전에 그가 썼던 노트들을 넘겨받아 이 책의 원고 정리를 끝낸 날 새벽, 나는 마침내 오열을 터트리고 말았다. 너무나 견고하고 흔들림없는 그와의 대결은 이것으로 끝이 났다.

이 책은 '사랑의 메시지보다 더 생생한 경종'을 세상에 알리고픈 친우들의 소망으로 펴내게 되었다. 이 책에 실린 시와 산문의 대부분은 그가 80년의 제적과 투옥, 군 제대 이후 4년 만에 학교로 돌아갔던 84년에 쓴 것들이다. 시는 주제별로 대강 3부로 나누었으며 산문

몇 편을 덧붙였다. 유서는 전문을 싣되 유산 처리 부분
은 삭제했다. 그는 삭제된 부분에서 부모와 처가에 대
한 배려는 물론 모교인 공주사대, 자신과 아내가 재직
중이던 학교에 장학금을 남겼고, 가까운 벗과 동료, 이
웃들, 아들의 친구, 아들이 생전에 즐겨 찾던 어린이 대
공원에도 세심한 배려를 해 놓았다.

　부디 그의 다음과 같은 소망이 이루어지길 바라면서
새삼 그들 일가의 명복을 빈다.

　'저희가 이 땅에서 다 못이룬 사랑은 하늘나라에서 깊
이 사랑하며 살겠습니다. 사랑스런 아내와 자랑스런 아
들을 다시 만날 것을 생각하니 한없이 평안하고 즐거운
마음 뿐입니다.'

1990년 12월에

한기호

| 개정판 발문 |

좋은 세상을 열기 위한 자기 점검과 다짐
– 장재인의 작품 세계

백우선

어떠한 사람이 어떠한 시대에 어떠한 활동이나 생각을 하며 살았는가를 아는 것은 그의 작품 이해에 필요한 일이다. 이 시집의 저자인 장재인의 경우에는 특히 더 그러하다. 아래 자료에 나타나 있는 대로 그의 대학생활은 유신독재 말기에 시작되었고, 그가 각종 학내 농성을 주도한 학생회장 활동은 10 · 26 사태와 12 · 12 군사 쿠데타에 따른 신군부의 독재, 5 · 18 광주민중항쟁에 가한 시민학살 만행과 정면으로 맞부딪치기 때문이다. 그리고 민주화를 위한 활동으로 겪게 된 지명수배, 제적, 구속(투옥), 고문수난, 석방, 군강제징집, 복학 등도 작품 해석의 중요한 실마리가 될 것이다. 아래 001-2에 일부 인용된 산문 「현실과 이상, 순수와 참여」에서 저자가 밝힌 문학관에도 이러한 시각은 잘 반영돼 있다.

001. 저자 이해

저자를 이해하기 위한 본고의 약력과 사람됨에 관한 모든 자료는 이 시집에 실린 '유서', '발문' 등의 내용을 보기 쉽게 정리하거나 발췌한 것이다. 이 자료를 통해 그의 가난, 선량善良, 민주화의 선도적 실천과 그로 인한 고초, 사랑, 성실, 타인에 대한 깊은 배려 등을 어렵지 않게 확인해 볼 수 있다. 작품들이 써진 이후의 일, 곧 1990년 9월 1일의 섬강교 버스 추락 사고에 따른 비극과 연관된 자료도 그의 사람됨을 아는 데 유용하다고 판단해서 일부를 포함했다.

001-1. 약력

1958.10.30. 충남 논산군 상월면 상도리 5남매의 맏이로 출생. 논산 상월 대명초등학교를 다니다가 이사로 인해 서울 청운초등학교로 전학해 졸업함. 어려서는 경제적으로 부족함이 비교적 없었던 듯하나, 부모님의 서울 사업 실패 후 많은 어려움을 겪게 됨.

배문중학교와 중앙고등학교를 신문배달, 군고구마 장사를 하며 어렵게 마침.

육군사관학교 응시, 낙방. 1년 재수 후 공주사범대학 (현 공주대학교) 영어교육과에 78학번으로 입학함. 공주사범대학 신문사 기자 생활을 하기도 함.

1980년 봄 공주사범대학 학생회장에 당선돼 대학의 거의 모든 집회와 농성을 주도하던 그는 수배생활 중 포고령법 위반으로 구속돼 보안사 등에서 모진 고초를 겪다가 대전교도소와 영등포구치소에 갇힘. 대학에서 제적됨.

1981. 1. 13. 제3관구 계엄 보통군법회의에서 선고유예의 판결을 받아 석방됨. 바로 강제 징집당해 1983년 11월까지 약 3년간 육군 군종사병으로 복무함.

1984. 3. 대학을 떠난 지 4년 만에 복학함. 이 시집의 시 대부분이 이때 써짐(특히 1984. 3 ~ 6월에 집중됨). 이 시집은 일기장이나 노트에 쓴 시를 스스로 정리하여 묶은 문집을 토대로 한 것임. 이 문집 앞표지에는 '1984년 10월 18일'을 쓰고 그 밑에 '中正'이라고 써 놓았음. '中正'은 아호나 필명인 듯함("어느 쪽에도 치우침이 없이 곧고 바름, 또는 지나치거나 모자람이 없이 알맞음"으로 사전에는 풀이돼 있음).

이때 나중 아내가 될 최영애를 만남(최영애는 1960. 4. 5. 생. 1985. 2. 공주사범대학 불어교육과 졸업. 1989. 3. ~ 1990. 9. 1. 강원도 홍천군 내면고등학교 근무).

1986. 1. 18. 아들 호 출생.

1986. 2. 대학 졸업, 서울로 배정됐으나 보안심사에 걸려 학교 발령을 못 받음.

1987. 9. 덕수상고로 발령 받음.

1989. 8. 6. 지각 결혼식을 올림.

1990. 9. 1. 여주군 섬강교 버스 추락 사고로 아내와 5살짜리 아들이 함께 숨짐.

1990. 9. 15. 스스로 생을 마침.

1990. 9. 17. 여주 고대병원에서 정지강 목사 집례로 장례식이 치러지고 여주 근처 남한강 공원묘지에 아내, 아들과 함께 묻힘.

유서의 유산 처리 부분에는 모교인 공주사범대학, 자신과 아내가 재직 중이던 학교에 장학금을 남겼고, 가까운 벗과 동료, 이웃, 아들의 친구, 아들이 생전에 즐겨 찾던 어린이대공원에도 세심한 배려를 해 놓았음.

1991. 1. 20. 유고시집『그대여 여기는 지금 어디쯤인

가』가 도서출판 평밭에서 간행됨.

001-2. 사람됨

삶은 시대의 산물이고 가치관은 삶의 소산이며 …… 문학
은 시대를 등지고 태어날 수 없으며 시대정신의 자주적인
수용과 여과에 의해서 시각은 규정된다.

— 장재인의 산문 「현실과 이상, 순수와 참여」 중

설거지하기 가위바위보에서 내가 졌는데도 재인이 설거지
를 해준 일이 생각나 울었다. 술 먹고 학교 앞 삼거리 길바
닥에 뻗어 있을 때 나를 업고 산성동 꼭대기까지 올라갔던
일이 생각나 울었다. …… 그가 어렵던 시절 영애가 장호
를 임신했을 때 돈이 없어 병원을 한 번도 못 가봤다고 말
한 것이 생각나 울었다. 하루 종일 목이 터지도록 떠들어도
돈은 되지 않았던 재인이의 대전 학원 강사 시절 …… 할
일이 없고, 취직이 안 되어 하루 종일 신문의 구인 광고란
을 봤다는 것이 생각나 울었으며, 월부로 파는 영어 테이프
를 들고 서울에서 내가 선생을 하던 대천까지 내려왔을 때
…… 대전교도소와 영등포구치소에 우리들을 대신해서 붙

잡혀 가 있던 때 …… 내가 해직이 되었을 때 차비라도 쥐
어주려고 한 것에 대하여 울었다. …… 재인은 학교에 남아
윗사람의 칭찬을 받는 선생이었고, …….

그의 짧은 생애 중 단 한 번도 넉넉하게 살아보지 못한 장
재인, 5남매의 맏이로 단칸방에서 모든 식구들이 함께 살
다, 겨우 6백만 원짜리 옥탑방에서 보다 나은 미래를 꿈꾸
던 장재인, 그가 살았을 때 우리는 그에게 무엇을 더 요구
했는가.

　　　　　　　　　－ 신현수의 발문 「장재인에 관한 추억」(발췌)

이제는 처자를 부여안기 위하여 세상을 버리려 합니다. 불
행한 사람의 삶에 뛰어들어 고생만 하던 고마운 아내, 아들
의 뒤를 따라 다시 강으로 뛰어 들어갔다는 아내처럼 저도
처자를 찾아 떠나려 합니다. …… 살아남은 사람들에게 사
랑을 일깨우고자 하는 생을 초월한 선택이 어찌 소극적인
결심일 수 있겠습니까?

사랑스런 아내와 자랑스런 아들을 다시 만날 것을 생각하
니 더 없이 평온하고 즐겁습니다.

나라는 불행에 처한 국민을 위로하기는커녕 그들을 죄인

으로 만들었으며, 이제는 죄인으로 취급하고 있었습니다.

나라는 국민을 위하여 존재하는 것이며 정치는 국민에게

희망을 주고 국민의 아픈 상처를 어루만져 주어야 하는 것

일진대……

부모님께서는 이 보상금으로 전세를 조금 나은 곳으로 옮

기시고 어머니가 바라시던 대로 조그마한 식당을 하나 마

련해보시기 바랍니다.

　　－ 장재인의 「남기는 말씀」(1990.9.11. 작성)(발췌)

부디 슬퍼하거나 애석해 하시지 말고, 살아 계신 분들은 나

름의 행복을 찾아 따사롭게 사시는 것이 저의 소망입니다.

　　－ 장재인의 「유서」(1990. 9. 15.) 중

002. 작품 세계

이 시집에 실린 42편의 글들은 약력에서 본 대로

1984년 3 ~ 6월에 집중적으로 써졌다. 구속(투옥)에

서 풀려나자마자 강제로 징집돼 군 복무를 마치고 4년

만에 복학한 때였다. 그래서 그런지 가난을 다룬 세 편

(「자갈치 선창」, 「원죄」, 「밤의 소리」) 정도를 뺀 나머

지 거의 모든 글에서는 크게 보면 두 가지 태도인, 민주화 활동에 관한 '자기 점검'과 앞으로의 '자기 다짐'이 읽힌다. 더 작게는 전자에 가까운 회상과 관조, 자책, 고민, 연민, 위로, 회한, 탄식 등과 후자에 가까운 회개 촉구, 고백, 권유, 외호와 인도됨, 염원, 깨달음, 자신감 등이 편편에 담겨 있음을 읽게 된다.(일부 작품 인용 생략)

그리고 제목을 '민주화를 위한 자기 점검과 다짐' 대신 '좋은 세상을 열기 위한 자기 점검과 다짐'으로, 곧 '민주화'를 '좋은 세상 열기'로 바꾸어 제시한 것은 글을 쓴 당시에 비해 30여 년이 흐르면서 최근 9년간의 후퇴에도 불구하고 민주화가 많이 진전된 점과 그의 글을 좀 더 폭넓게 받아들였으면 하는 뜻에서이다(그리고 이 글을 쓰는 지금은 문재인 대통령 취임 직후임). 제목과 관련이 깊은 작품은 "청년들과 학생들과 노동자들의/ 여인들과 지성인들과 농민들의/ 가난한 사람들과 신도들과/ 뱃사공들의 목소리를 함께 모아/ 낭랑한 합창으로 울려 퍼질 때/ 거기에 우리의 민의와 민권이 또 자유가 있다/ 평화가 있고 외세가 없는/ 민족의 대단결이 있고 평화선이 없는/ 5천만의 내 나라/ 통일된 조국"이라고 노래한 「조국」(부분)이다. 이 시에 나타난 민의, 민권, 자유, 평화, 외세 없음(자주), 민족, 통일 등은 '민주, 자주, 통일'로 압축할 수 있고 당시로 보면 가장 절실한 '민주'(민주화)로 단일화할 수 있는데, 오늘날의 상황을 감안하면 '좋은 세상'(좋은 세상 열기)이 더 적절하다고 보았기 때문이다.

002-1. 자기 점검

오늘도 가고 어제도 갔다/ 시간만 가고 마음은 남는 자리/ 내일을 캐면 토라지는// 그대여 여기는 지금 어디쯤인가// 보는 이 없어 아직은 수줍은/ 핼쑥해진 뜻 언저리/ 어이해서 무쇠 같던 몸/ 안개처럼 녹아내리고/ 오늘도 생가지 하나/ 거덜이 나지만 아픔을 잃어/ 저어하는 고목// 그대여 나는 이제 누구인가/ 대답하라// 지금 여긴/ 마른 바람이 종일 덜컹거린다/ 도시를 휘감은 산줄기/ 거대한 숯덩이로 꺼지며/ 죽는 연기를 뿜어대고// 무덤 같은 살덩이들이/ 감히 나를/ 샛길도 모르는 천치 바보라고/ 빈정대다 잠이 들었다/ 캄캄해질수록 더욱 또렷해지는/ 어두움에 빛나며/ 나는 묻노니// 그대여 대답하라

－「그대여」전문

이 시는 자신과의 대화를 통한 '자기 점검'으로 보인다. '내일을 캐면 토라지는'에는 앞으로의 행동 숙고에 대한 거부 의식이 완곡하게 읽힌다. '여기, 지금'이 어떠한 상황인가를 제대로 알기도 어렵거니와 그 상황 대처에 흔들리는 자신의 마음 상태를 짚어 보고 있는 것이다. 시대가 요구하는 정신인 뜻은 수줍고 핼쑥해졌고 무쇠같이 단단하던 몸은 녹아내리고 지체인 생가지가 거덜이 나지만 아픔조차 잃은 고목이 되었다. 고목이 되어 버린 자신에게 자신이 맞느냐고 묻는다. 지금 여기는 마른 바람이 종일 덜컹거리고 산줄기는 숯덩이로 꺼지며 죽는 연기를 뿜어 댄다. 시대 의식이 죽은 상태로 살만 통통하게 찐 사람들이 감히 나를 요령껏 살아갈 수 있는 샛길도 모르는 천치 바보라고 빈정대다 잠이 들었다. 세상을 밝힐 빛들이 사라져 캄캄해질수록 더욱 또렷하게 어둠 속에서 빛나며 나는 나에게 어떠한 사람인가를 묻는다. 1984년 신군부의 독재 치하에서 어떻게 살아야 부끄럽지 않게 살아갈 것인가를 망설임이 전혀 없지는 않은 자신에게 따져 묻는 '자기 점검'이 구체적이며 호소력 높게 형상화되어 있다.

> 길고 큰 밤, 덫을 향하여/ 울부짖고/ 이 시절에 살아서 돌아가는 자여/ 서러운 주먹으로 이 나라의 땅을 치며/ 죽은 이들의 이름을/ 부르고 또 부른들/ 몸속에 가시처럼/ 파고드는 아픔/ 두 눈에 맺혀 흐르는 피눈물을/ 어찌하리, 돌아가는 자여/ 봄눈 내리는 산비탈/ 옷자락 날리며/ 이 시절에 살아서/ 돌아가는 자여
>
> — 「봄눈」 전문

그 당시 민주화 운동에 참여했다가 검경에 붙잡혀 끌려들어가 모진 고문을 받은 젊은이들이 많았다. 후유증으로 평생 고생하는 사람도 있고 목숨을 잃은 사람도 있었다. 고초를 겪는 밤은 길고 크게 느껴졌을 것이다. 고통을 주는 덫을 향해 울부짖다가 살아서 돌아가는 자의 심정은 회한일 것이다. 죽은 이들에 대해 살아서 돌아가는 자신은 어쩐지 부끄럽기도 하고 서럽기도 하고 비겁하게 느껴지기도 했을 것이다. 주먹으로 땅을 치며

죽은 이들의 이름을 부르고 불러도 아픔은 몸속으로 가시처럼 파고들고 두 눈에서는 피눈물이 흐른다. 옷자락 날리며 봄눈 내리는 산비탈을 살아서 돌아가는데 죽은 이들이 자꾸만 머릿속에 떠오르는 이 심경을 어찌할 것인가? 이 생환을 이제 어찌해야 할 것인가? 깊고 절절한 회한의 물결이 아픈 탄식으로 밀려온다.

하루가 저무는 언덕/ 스러지는 붉은 노을을 보았니/ 수고로운 땅을 굽어보는/ 사랑의 핏빛이지// 밤에는 별이/ 희미하게만 비치는 까닭을 아니/ 그것은/ 한낮의 피곤으로도 못다 한 꿈/ 고뇌를 덮어 주고 있단다// 아니면/ 이 밤에도 공장을 지키는 누이의/ 피곤한 눈꺼풀/ 드러나지 않도록/ 가려 주는 것이지

- 「사랑」 전문

제목에서 주제를 '사랑'이라고 밝혀 놓았다. 붉은 저녁노을은 수고로운 땅을 굽어보는 사랑의 핏빛이라고 한다. 밤에 별이 희미하게만 비치는 것은, 목표의 실현을 위해 한낮에 피곤할 정도로 노력을 기울였으나 못다

한 것을 꿈속에서도 이어가는 고뇌를 덮어 주느라 일부
만 보이기 때문이라고 한다. 이것이 아니라면, 주간 근
무에 이어 야간 근무까지 해야만 하는 나이 어린 누이
의 피곤해서 자꾸 내려 감기는 눈꺼풀이 작업반장의 눈
에 드러나지 않도록 빛의 일부를 가려 주느라 희미하게
만 비치는 것이라고 한다. 열악한 조건의 가혹한 노동
으로 심신이 지친 어린 여공을 향한 별의 사랑이라고 한
다. 지상의 수고로운 이들, 특히 어린 여공에게 보여 주
는 사랑은 시대적 임무를 다하려다 힘들고 지친 시적 화
자가 느끼는 동병상련의 자기 연민이며 위로가 될 수도
있을 것이다.

이 외에도 '자기 점검'에 해당하는 작품과 이 범주에
넣을 수 있는 권유, 회상과 관조, 자책, 고민 등의 태도
가 담긴 시편들은 아래와 같다.

구둣발에/ 엉덩이에 눌리던/ 잔디/ 살아 꿈틀 오르며/ 자유
를 대신 노래하고 있다

                                                    - 「목련사 앞 잔디밭」 부분

너 어찌 유독/ 평탄한 길을 찾느냐// ……/ 조총은 창끝을
꿰뚫지 못하리

　　　　　　　－「산성(山城)이 바라보이는 창가에서」부분

우리 하숙집 개는 짖을 줄을 모른다/……/너도 침묵하는가

　　　　　　　　　　　－「불곡(不哭」부분

허망한 싸움/ 자폭할 가슴, 갈라/ 벌건 핏덩이 뿌리며/ 속
시원히/ 싸우겠어요/ 그래도/ 꼭 싸우며 살아야 하나요

　　　　　　　　　－「시시한 싸움」부분

어머니/ 중촌동에 맺힌 눈물이/ 시내 되어 흐를 때// 무등
의 골에는/ 피가 고여 있었지요// 그런데/ 피보다 눈물이/
더욱 두려운 까닭은?

　　　　　　　－「물은 피보다 진하다」전문

002-2. 자기 다짐

온 세상이 그리 흐를지라도/ 이 밤에 주저앉지 말자/ 뭇 새
들이 올빼미 조롱하는 대낮일 바에야/ 어둠아 차라리 더

깊이 드리우라// 온 세상이 그리 손가락질할지라도/ 꿈은 범치 못하리/ 악은 합하여 산을 이루고/ 선의 씨앗은 돌밭에 떨어질지라도// 한 대지에 숨쉬며/ 이마 맞대지 못하는 아! 선악과의 탐스럼이여// 4월은 지나고/ 5월은 물들지 말지니/ 온 세상이 한 무리로 외칠지라도/ 사랑하는 한 몸으로/ 홀로 될지라도/ 어둠아 더 깊이 드리우라/ 어디/ 너의 끝을 보고야 말리라

- 「5월의 다짐」 전문

온 세상이 그렇게 잘못 흐를지라도 어둠이 지배하는 이 밤에 주저앉지 말자고 스스로 다짐한다. 뭇 새들과 같은 많은 사람들이, 어둠속에서도 그 어둠을 극복해내며 바른 길을 찾아가는 올빼미와 같은 운동가를 조롱하는 대낮일 바에야 차라리 어둠이 더 깊어지라고 한다 (어둠의 폐해를 제대로 알 수 있도록). 온 세상이 운동가를 그렇게 잘못한다며 손가락질할지라도 좋은 세상을 이루어내고야 말리라는 꿈은 범하지 못할 것이다. 악은 산을 이루고 선의 씨앗은 돌밭에 떨어질지라도 꿈을 향해 나아가려는 뜻을 꺾지는 못할 것이다. 결국은 악을

행하도록 유혹할 선악과는 한 대지에서 살아가며 이마 맞대지 못하는 사람들에게는 탐스럽게만 보인다. 4월은 어찌되었든 지나갔으니 지금 5월은 악에 물들지 말기를 바란다. 온 세상이 한 무리로 민주화 운동을 나쁘다고 외칠지라도, 좋은 세상을 사랑하는 한 사람으로서 홀로 가 될지라도 어둠아 더 깊이 드리우라고 명한다. 어디 에선가는 너의 끝을 보게 하고야 말 것이다. 이렇게 어 둠이 판치는 어둠의 세상에서 올빼미처럼 어둠을 이겨 내고야 말리라는 다짐을 보여 준다. 어둠의 대낮, 선악 과로의 변용 그리고 뭇 새와 올빼미의 대립 구도 설정이 시적 긴장을 높이고 의미 관계를 선명하게 보여 준다.

비바람 우에는 들길/ 우산 쓰고 걷는 이여/ 천지의 소리 들 리느냐// 비 되어 내리고/ 바람 되어 들이칠 때/ 우산/ 네 몸 감추려 하여도/ 인조人造의 천막/ 온 세상을 덮으랴// 비 바람의 통곡이여/ 전야제인가/ 호곡제인가/ 하늘 땅 음성 들리느냐// 비바람의 노도여/ 가면의 우산/ 비정의 우산/ 압제의 우산/ 날려버리고// 온몸을 적시워/ 회개하며 섭리 앞에/ 눈물짓게 하라

– 「우산은 소용없다」 전문

비 내리고 바람 부는 들길을 우산 쓰고 걷는 이에게 천지의 소리인 비바람 소리를 듣느냐고 묻는다. 우산으로 몸을 감추려고 해도 인조의 작은 천막인 우산으로는 온 세상을 덮을 수 없다. 비바람의 통곡은 슬프고 억울한 온 국민의 거사를 위한 전야제인가 소리 내어 그냥 울어나 보는 호곡제인가를 묻고, 비바람 소리로 울려 퍼지는 하늘과 땅의 말소리를 듣느냐고 또 묻는다. 우산 쓴 이는 국민의 소리이며 천지의 소리인 비바람 소리를 듣지 못하거나 못 들은 척하는 것이 틀림없다. 비바람은 성난 파도가 되었다. 노도에게 명한다. 가면 같은 우산, 비정한 우산, 압제의 우산을 날려 버리고 그 우산 쓴 자의 온몸을 적셔 천지의 바른 섭리 앞에 회개하며 눈물 짓게 하라고 강력하게 요구한다. 시적 자아가 성난 비바람이 되어 불의한 자들을 회개하게 하고야 말겠다는 강한 다짐으로도 읽힌다.

별을 알기 전/ 가득함을 알았지만/ 별을 알고 나서/ 빈 마음을 알았습니다// 별을 알기 전/ 신념의 풍요를 알았지만/ 별을 알고 나서/ 풍요는 갈증에 눈뜨기 시작했습니다.// 언제던가 별이 들어온 날/ 가슴은 별로 가득하였지만/ 그때부터 한구석 빈 마음임을/ 깨달았습니다// 별을 알기 전/ 고요인 줄 알았던 것은/ 별을 알고 나서/ 그것이 소용돌이임을 알았습니다// 마침내 가슴에는 별을 향하여/ 길이 생겼습니다

― 「별」 전문

별을 알기 전후의 사정이 세 쌍의 대립관계로 드러나 있다. 마음의 가득함 ― 빔, 신념의 풍요 ― 갈증, 고요 ― 소용돌이. 곧 별을 통한 세 가지의 깨달음을 밝혀 놓았다. 별로 상징되는 지향의 목표와 관련하여 내 마음은 지금 지향성이 빈 상태이며, 신념도 매우 부족하고, 그것의 실현을 위해 이제는 생의 소용돌이를 겪을 수밖에 없게 되었음을 알았다고 털어놓았다. 그리하여 마침내 가슴에는 그 별, 지향의 목표(작품 '조국'의 민의, 민권, 자유, 평화, 외세 없음, 민족, 통일 등의 중시와 실현)를 향해 어떠한 길을 걸을 것인가의 해법으로 바른 길이 생

겼음을 고백한다. 그 길을 가야겠다는 다짐이나 마찬가
지이다.

이 외에도 '자기 다짐'의 범주에 넣을 수 있는 권유, 외
호와 인도됨, 염원 등의 태도가 담긴 시편들은 아래와
같다.

그리고 너 혼자/ 이 세상 떳떳하게/ 살고 싶은 만큼 살라

　　　　　　　　　　　　　　　　－「술 깬 아침」 부분

그이의 보호가/ 나 외로이 가는 먼 여정/ 내 걸음 바르게 인
도하리

　　　　　　　　　　　　　　　　－「물새에게」 부분

겸허함과 하늘을 향해 눈을 뜨는 오만함을 동시에 지키자

　　　　　　　　　　　　　　　　－「중간점검」 부분

지그시 눈 열어 해맞이하자/ 혈색 붉은 내일을 준비하러/
일어나 돌아가는 것이다.

-「친구와 함께」부분

피 흐르는 조국이여/ 임종에 처한 아버지의 베갯맡/ 가슴을 부여잡고 가쁜 숨을 지켜보는/ 자식의 절박한 심정으로/ 우리는 일어설 것이다

-「절규」부분

청년들과 학생들과 노동자들의/ 여인들과 지성인들과 농민들의/ 가난한 사람들과 신도들과/ 뱃사공들의 목소리를 함께 모아/ 낭랑한 합창으로 울려 퍼질 때/ 거기에 우리의 민의와 민권이 또 자유가 있다/ 평화가 있고 외세가 없는/ 민족의 대단결이 있고 평화선이 없는/ 5천만의 내 나라/ 통일된 조국

-「조국」부분

그리하여 고인 물은/ 뜨거운 숨결에 가득하고/ 혼탁한 것들은/ 저 탁류와 더불어 멀리 흘러/ 땅속 깊숙이 스몄다가/ 해가 중천에 떠오르는/ 어느 날/ 맑은 샘물로 솟았으면

-「비」부분

우리의 장을 마련할 때까지/ 열정을 차곡차곡 개어/ 쌓아
두자

– 「달에게」 부분

목숨이 제 목숨이 아니고/ 명예가 명예가 아닌 세상/ 이름
묻힌 들풀로 살아도 좋다/ 터럭만큼도 부러워하지 않는/
꿋꿋한 들풀로 살아도 좋다// 밟아도 다시 일어서는/ 용서
함의 뿌리로 살아도 좋다/ 낮에는 해 아래 수고하고/ 밤에
는 별과 쉬며/ 외로워도 정녕 외롭지 않는 들풀이라야/ 나
는 좋다/ 그래야 좋다

– 「들풀」 부분

003. 마무리

이 글은 저자의 재발간 유고시집 수록용이다. 저자
사후 27년, 유고시집 발간 26년 만이다. 몸은 떠나고 한
권의 시집으로 우리 곁에 남았던 그는 새로워진 시집으
로 다시 우리에게 다가온다. 변함없는 32살 청년의 환
생이다. 그가 중시하거나 이루려고 몸부림쳤던 민의,
민권, 자유, 평화, 외세 없음(자주), 민족, 통일 등은 일

부 개선되었거나 진전과 후퇴를 거듭하며 아직도 우리의 과제로 남아 있다. 좋은 세상을 열기 위해 그가 걸었던 길을 우리는 다시 마주하게 된다. 그가 그랬던 것처럼 우리도 스스로 우리 자신을 점검하고 다짐하며 좋은 세상 열기에 동참해 나아갈 때 그는 우리와 함께 계속 살아 숨쉴 수 있을 것이다. 가슴 아픈 일이기는 하지만, 그가 마지막으로 보여 준 사랑을 위한 감행은 이 세상 곳곳의 부조리와 부주의의 굳게 잠긴 철문을 열어젖히라며 남기고 떠난 만능열쇠가 아니겠는가? 그의 열쇠에 그의 아내와 아들의 열쇠까지 새로이 받아들고 좋은 세상, 더 좋은 세상을 만들며 살아가고자 하는 약속으로서 다시 펴내는 그의 유고시집에 이 부족한 글을 덧붙인다.

백우선

공주사범대학(현 공주대학교) 국어교육과 졸업(1973. 3 ~ 1977. 2)
1981년 『현대시학』, 1995년 한국일보 신춘문예(동시) 등단
시집 『탄금』, 동시집 『지하철의 나비 떼』 등

마음을 모아주신 분들께 감사드립니다

공주대학교 민주동문회
공주대학교 민주동문회 서울경기지부
김지철
김화자
김홍정
류지남
박정민
백우선
손채은
신현수
유덕선
이득우
이인호
이정록
임명판
정종미
최교진
하재일

별

장재오

별을 받기 전
가족함을 맡았지만
별을 받고 나서
빈마음을 맡았습니다

별을 받기 전
신경의 높음을 맡았지만
별을 알고 나서
높은 갈증에 느끼기 서러웠습니다

언제인가 별이 뜨는 날
가슴로 별로 가득하였지만
그때부터 한구석 가득 빈 마음임을
깨달았습니다.

별을 알기 전
고요인 줄 알았던 것을
별을 알고 나서
그것이 소용돌이임을 맡았습니다.

마침내 가슴에는 별을 향하여
길이 생겼습니다

캘리그라피 | 송병훈